COUR DE MONSTRES ET DE MALICE

REINE DE L'OMBRE

ELIZA RAINE

ELIZA RAINE

COUR DE MONSTRES ET DE MALICE

REINE DE L'OMBRE

MARIÉES DE LA BRUME ET DES FAËS

Pour tous ceux qui n'abandonnent jamais.
Pour l'amour d'Odin, vous allez y arriver.

SHADOW COURT PALACE
SHRINE
ROCK STAIRCASE INSIDE MOUNTAIN
YGGDRASIL
THE AXUMAH STATUE
CAVE FOREST
ROOT RIVER

UN BREF RAPPEL...

Cour de Corbeaux et de riune

Reyna est une esclave humaine orpheline marquée d'une rune qui fabrique des bâtons pour les faës d'or, c'est-à-dire une *orfèvre*. C'est la seule humaine d'*Yggdrasil* à ne pas avoir les cheveux bruns : les siens sont cuivrés. Lorsqu'un faë d'or particulièrement violent et cruel, Lord Orm, décide qu'elle sera sa prochaine concubine, elle monte un plan d'évasion. Mais avant qu'elle ne puisse mettre ce plan à exécution, elle est kidnappée, avec ses deux amis, Lhoris et Kara, par le légendaire Prince de la Cour d'Ombre, Mazrith.

Les faës d'ombre sont capables de pénétrer dans l'esprit des gens, ce qui terrifie Reyna, qui a gardé un secret toute sa vie. Chaque fois qu'elle travaille l'or, elle souffre de terribles visions des monstres morts-vivants qui vivent dans les confins d'*Yggdrasil*, qu'on appelle les Affamés.

Mazrith a des projets pour Reyna et est obligé de se lier à elle par des fiançailles afin d'empêcher sa belle-mère folle, la Reine, de tuer les trois orfèvres. Le Prince emmène alors Reyna dans un sanctuaire secret sous la montagne, où se trouvent un anneau de statues et cette inscription : « *L'orfèvre aux cheveux de cuivre a la clé* ».

Entre une tentative d'évasion ratée, l'attaque d'un serpent venimeux et sa rencontre avec un hibou magique envoyé par une mystérieuse faë pour l'aider, Reyna se persuade peu à peu que le Prince n'est peut-être pas celui qu'elle croyait. Des runes d'or flottent autour de lui, ce qui devrait être impossible.

En réparant une statue en or dans le sanctuaire, elle a une vision, mais au lieu des Affamés, elle voit Mazrith et sa mère en train de parler. Elle lui dit que sa mort lui donnera assez de magie pour cinq ans et qu'il doit trouver un bâton de brume.

Quelqu'un la pousse alors du haut du sanctuaire, à sa mort, mais le hibou, Voror, lui sauve la vie. Elle se rend compte qu'elle a maintenant l'occasion de s'échapper, mais décide de ne pas le faire. Son destin est clairement lié à l'autel et au Prince, et elle accepte l'idée qu'elle ne pourra pas s'y soustraire. Sur le chemin du retour, elle est attaquée par des Affamés, qui en ont personnellement après elle. Le Prince arrive avec un ours géant et provoque une explosion avec son bâton qui les tue temporairement, mais se blesse en même temps. Il lui dit que la Reine arrive et qu'elle doit s'enfuir, puis il s'effondre.

Au lieu de fuir la Reine, Reyna réussit à sauver le Prince. Ils se cachent dans une grotte, et elle découvre que la blessure de Mazrith est grave et brille d'une lueur dorée. Il n'a d'autre choix que de lui avouer qu'il est maudit et qu'il a jusqu'à son trentième anniversaire pour rompre cette malédiction. Il ne veut pas lui donner plus de détails.

Ils sont secourus dans la montagne, et la Reine annonce un festival de jeux, connu sous le nom de *Leikmot*, entre toutes les Cours faës, à l'exception de la Cour de Feu, qui est recluse. La Reine annonce que la fiancée humaine de Mazrith devra faire ses preuves en devenant la championne de la Cour d'Ombre.

Trois autres champions arrivent, Lord Dakkar des faës de terre, Lady Kaldar des faës de glace et Lord Orm des faës d'or. La Cour d'Ombre organise trois épreuves. Reyna échoue aux deux premières, mais pendant la compétition, elle a des visions à travers les yeux de ses adversaires.

Entre les jeux, ils parviennent à réparer la statue du sanctuaire qui leur donne une énigme. Ils la résolvent et rendent visite à une ancienne statue d'un berserker légendaire, au cœur de la montagne. Avec l'aide de Voror, ils parviennent à arracher un morceau de jade à la statue folle.

Avant qu'ils ne puissent apporter le jade au sanctuaire, Mazrith laisse échapper quelque chose qui fait comprendre à Reyna qu'il a participé aux rêves induits par le vin faë qu'elle a eus à son sujet. Au cours de leur dispute, elle touche le morceau de jade et déclenche une vision de sa belle-mère tenant un bâton de brume.

Elle laisse échapper tout ce qu'elle a vu, racontant aussi la vision de la mère de Mazrith à sa mort. Mazrith est furieux, lui dit qu'il poursuivra la quête tout seul et s'en va. Lorsqu'elle part à sa recherche, elle apprend qu'il a été appelé pour repousser des Affamés. Elle participe à la course et gagne. Mais Orm se moque d'elle, et elle comprend que ses amis sont en danger. Lorsqu'elle court les retrouver, ils ont disparu.

CHAPITRE I
REYNA

Je tournais autour de la pièce vide à m'en donner le vertige.

Comment était-ce arrivé ?

Le livre de Kara était ouvert par terre, la pipe de Lhoris sur le bras du fauteuil où il était assis la dernière fois que je les avais vus.

Des larmes brouillèrent ma vision – de rage plus que de chagrin.

Qui avait enlevé mes amis ?

Ils étaient censés être en sécurité ici. Ellisar veillait sur eux.

Ellisar.

Le souvenir fugace du grand gaillard par terre, dans le salon, se fraya un chemin à travers la panique tonitruante dans ma tête.

Je courus jusqu'à la salle principale et je vis Frima qui soulevait son grand corps.

— Allez, parle-moi, gros lombric, murmurait-elle.

Il saignait d'une coupure au front, mais sa poitrine bougeait.

— Gardes, marmonna-t-il.

Frima leva les yeux vers le ciel et remercia les dieux.

Je m'approchai d'eux et m'accroupis.

— Quels gardes ?

— De la Reine, souffla-t-il, ses yeux s'ouvrant un peu. Ma tête...

Ils se révulsèrent, montrant ses iris, et Frima lui donna quelques claques bien fermes sur les joues.

— Reyna, va chercher du brandy, tout de suite.

Je fis ce qu'elle m'avait demandé et me dirigeai vers le meuble à boissons contre le mur le plus éloigné. Mes mains tremblaient tandis que je versais maladroitement un verre.

S'il avait raison et que les gardes de la Reine avaient enlevé mes amis... Ils étaient des *orfèvres*. Les outils les plus précieux de son ennemi juré.

Ravalant ma peur, je revins avec le brandy. Frima avait tiré Ellisar contre son flanc, et elle me prit le verre.

— Sa blessure n'est pas grave, il n'a pas perdu beaucoup de sang. C'est juste un coup violent à la tête, me dit-elle à voix basse.

Ellisar leva une main, puis cligna des yeux.

— Pourquoi c'est bleu ?

Frima grogna et jura.

— Un coup *très* violent à la tête.

— Ellisar, pourquoi les gardes de la Reine ont-ils emmené mes amis ?

J'essayai de retenir l'urgence dans ma voix et de parler calmement à l'homme blessé. Je n'y parvins pas.

Il me regarda d'un air hébété.

— La femme a écrit quelque chose, bredouilla-t-il.

Je me mis à genoux.

— Où ? Où l'a-t-elle écrit ?

Son regard se baissa sur sa poitrine, et Frima et moi le suivîmes. Un morceau de papier était épinglé à l'intérieur de sa fourrure, avec le coin qui dépassait.

Je m'en saisis.

— Pour célébrer la fin des épreuves du *Leikmot* de la Cour d'Ombre, vous êtes cordialement invités à un bal masqué à minuit ce soir, lus-je. Afin de vous offrir un divertissement digne d'un tel événement, chacun de nos champions s'est vu retirer quelque chose qui lui est cher. L'occasion de les récupérer se présentera lors du bal. Cordialement, la Couronne de la Cour d'Ombre.

Frima me prit le papier avant que je ne puisse le chiffonner. La rage faisait flotter des points noirs à la périphérie de mon champ de vision, et ma bouche était aussi sèche que du sable.

— Elle n'en avait pas encore assez fait, putain ?

— Calme-toi. Cela signifie qu'ils sont toujours en vie, répondit Frima en parcourant la note.

Je me raccrochai à ses mots.

Ils étaient encore en vie.

Mais la Reine était folle. Complètement déséquilibrée. Pouvait-on avoir confiance qu'elle les garderait en vie jusqu'à minuit ?

Et puis, « vivant » ne signifiait pas « indemne ».

Je tournai les talons et me dirigeai vers la porte ouverte.

— Reyna, où vas-tu ? Si Maz n'est pas là, tu ne peux pas...

— Je peux, et je vais le faire, putain.

Je ne restai pas pour l'écouter protester.

Un élan de colère inattendu contre Mazrith pulsait en moi.

Cela ne serait pas arrivé s'il n'était pas parti. La Reine n'aurait jamais eu l'audace de s'introduire dans ses appartements.

Je n'avais peut-être pas son pouvoir, ni son statut, ni même aucun moyen de pression, mais je ne pouvais pas rester dans ma chambre jusqu'à minuit pendant que mes amis étaient torturés.

— Je vais me débrouiller sans toi, stupide *veslingr* amateur de serpents, sifflai-je en me précipitant dans les couloirs couleur de sang.

— Tu n'es pas seule, dit la voix de Voror dans ma tête.

Et, à ma grande surprise, les larmes me montèrent aux yeux.

— Je ne sais pas si je peux t'aider, mais sache que tu n'es pas seule.

— Merci, Voror. Sais-tu où ils sont ?

— Non. Mais je ne peux pas entrer dans la salle du trône à travers les murs. La magie qui la protège est trop forte.

— Tu penses qu'ils sont là ?

—Je n'ai pas fouillé tout le palais, mais seulement les quartiers des thralls et les donjons.

—D'accord. Merci.

—Je ne comprends pas comment Orm a pu savoir ce qui se passait, dit le hibou.

Mon rythme ralentit.

—Tu as raison. Il savait...

—Il y a quelque chose entre lui et la Reine.

—Quelque chose de romantique?

—Quelque chose de politique.

J'acquiesçai.

—Mazrith le croit aussi. Ils préparent quelque chose qui va au-delà de ces jeux.

J'étais arrivée au grand escalier et je pris les marches deux par deux.

—Reyna, il est dangereux de pénétrer dans la salle du trône de la Reine sans le Prince.

—Tu penses que je ne le sais pas?

—Tu n'es armée que d'un bâton.

—Encore une fois, pourquoi me dis-tu ce que je sais déjà?

—Je te donne simplement l'occasion de réévaluer ta stratégie.

Un battement d'ailes blanches attira mon attention. Voror descendit en piqué et se posa sur la large balustrade juste devant moi. Je m'arrêtai, et il me regarda en clignant de ses grands yeux.

—Je sais, Voror. Je sais que ce n'est pas sans danger. Mais cela ne m'empêchera pas de le faire. Je dois savoir que mes amis ne sont pas blessés.

— Et que feras-tu s'ils le sont

Il exprimait la pensée à laquelle je refusais de réfléchir.

Que *pouvais*-je faire au nom d'Odin ? Le hibou avait raison : je n'avais rien d'autre qu'un bâton. Mon seul avantage sur mes ennemis ici, c'était le Prince d'Ombre. Le Prince d'Ombre *qui n'était pas là*.

— Je vais trouver quelque chose.

— La dernière fois que tu as trouvé quelque chose, tu as proposé de prendre leur place. Reyna, il ne faut pas que tu fasses ça maintenant.

Je le regardai fixement, la gorge serrée.

— Ma vie ne vaut pas plus que la leur.

— Le destin d'*Yggdrasil* repose sur toi, Reyna. Tu t'en souviens ?

— Bien sûr que oui, marmonnai-je.

Ces mots stupides tourbillonnaient dans ma tête, sans qu'on me le demande, régulièrement.

— Tu as une responsabilité envers ton monde.

— Mon monde ? Ils me détestent tous, putain ! Ils me traitent comme de la merde ! Qu'est-ce que je dois à ce monde ?

— Tu ne connais qu'une fraction des individus qui forment la population d'*Yggdrasil*, dit Voror d'un ton sévère. Tu as la prétention de juger le monde entier sur la base de quelques âmes pourries ?

Je lui lançai un regard noir.

— Je veux voir mes amis.

— Et je serai avec toi. Mais je ne te laisserai pas prendre la mauvaise décision.

J'étais sur le point de lui dire que je ne voyais pas comment il pourrait m'arrêter. J'avais pris de mauvaises décisions toute ma vie, et jusqu'à présent, j'étais toujours debout, tout comme mes amis.

Mais les mots ne vinrent pas.

Le hibou avait-il raison ? Étais-je en train de juger un monde entier sur la base de quelques individus corrompus ?

Et même si je ne pensais pas que ma vie valait plus que celle des autres, j'avais accepté d'être un pion dans un jeu qui me dépassait. Il n'y avait pas que Lhoris et Kara qui dépendaient de moi maintenant. Mazrith aussi.

Et malgré ma colère contre lui, cela signifiait quelque chose. Plus que je l'aurais voulu ou que je l'aurais espéré.

— Reine Andask ! retentit une voix masculine dans le couloir, rebondissant sur les murs et chargée de colère.

Voror s'envola instantanément, et Dakkar apparut en bas des escaliers.

Son regard furieux croisa le mien, et il se figea.

— Où est sa salle du trône ?

Je descendis rapidement les escaliers en pointant du doigt.

— Elle vous a pris quelqu'un ?

— Elle va regretter ses petits jeux tordus, grogna-t-il.

Toute trace du faë détendu et confiant que j'avais vu dans les jeux avait disparu.

De l'air chargé tourbillonnait autour de son bâton, étincelant d'un vert éclatant, et son visage doux était pincé et dur de colère.

Je trottinai pour le suivre, surpris de voir les portes de la salle du trône s'ouvrir lorsque nous y arrivâmes.

Je ralentis instinctivement le rythme sur le seuil de l'horrible salle, et je dus forcer mes jambes à continuer d'avancer, à me porter sur le long tapis qui menait à la Reine, assise sur son trône au fond de la pièce. Elle était la seule chose clairement éclairée, le reste de la pièce encore plongé dans l'obscurité. Elle portait un col de fourrure noire très élaboré, orné de pierres précieuses rouges qui accrochaient la lumière vacillante des bougies, et mes yeux se posèrent directement sur l'espace au-dessus de sa tête. Cette fois-ci, rien n'était suspendu au-dessus d'elle, je fus soulagé de le constater.

Ses lèvres se retroussèrent en un sourire, dévoilant ses dents noires, et elle agita sa main qui tenait son bâton.

Les appliques murales s'enflammèrent toutes d'un coup, laissant apparaître des urnes remplies de crânes bordant l'allée moquettée, ainsi qu'un très grand rideau suspendu à des poutrelles à gauche du trône. À un autre geste de sa main, le rideau tomba au sol.

Dakkar poussa un aboiement de colère. J'accourus.

Sept personnes et une exquise couronne d'or étaient suspendues dans les airs, enrubannées d'ombres.

Ils semblaient tous endormis, mais je ne remarquai presque rien de leurs traits. Lhoris et Kara étaient les deux derniers de la rangée, et je marchai tout droit vers eux.

— Qu'est-ce que vous leur avez fait ? demandai-je, en

même temps que Dakkar prononçait presque les mêmes mots.

— Ils sont sains et saufs, chantonna la Reine en souriant.

— Vous n'avez pas le droit ! cria le faë la Terre en se déplaçant sur le tapis vers son trône.

— Au contraire, j'ai tous les droits. Le contrat que votre Cour a signé en s'inscrivant au *Leikmot* accorde explicitement la permission d'organiser un événement comme celui-ci.

Elle sortit un morceau de papier d'à côté d'elle, et une fine vrille d'ombre le porta jusqu'au faë.

Son expression s'assombrit, et elle laissa échapper un petit rire.

— Laissez-moi deviner, Lord Dakkar. Vous ne savez pas lire ?

Comme il ne disait rien, elle continua à parler.

— Eh bien, vous n'avez qu'à me croire sur parole que, d'après les petits caractères contenant les détails de notre accord, tout cela est juste et honorable, dit-elle en tendant une main vers les captifs. Il faut qu'il y ait du spectacle ! C'est la première fois qu'on organise un tel événement depuis des siècles. Il serait dommage que ce soit ennuyeux.

— Il y a quelque chose qui ne tourne pas rond chez vous, et votre définition de l'honneur, et toute cette maudite cour, siffla Dakkar.

— Voyons, voyons. Il y a aussi beaucoup de petits caractères dans le contrat à propos des bonnes manières et du respect que nous nous devons les uns envers les autres.

— Êtes-vous entrée dans leurs têtes ?

Au son de ma voix, les deux faës se tournèrent vers moi.

Les yeux de la Reine s'étrécirent.

— Selon le même contrat, ce serait très fâcheux. Bien sûr que je ne l'ai pas fait.

Je ne la crus pas une seconde.

— Si vous avez fait du mal à un seul cheveu de ma nièce…, commença Dakkar.

J'eus un sursaut de sympathie pour ce faë furieux. Mais il ne put terminer sa phrase.

— Reine Andask ! Je vous félicite pour ce rebondissement si stupéfiant !

Orm s'avança sur le tapis, jetant un bref coup d'œil aux personnes. J'aurais parié tout ce que j'avais que la couronne lui était précieuse. Il était intéressant de voir qu'il tenait à au moins un être vivant, cependant. Je balayai les personnes du regard, observant Orm lui aussi, essayant de trouver qui était son point faible.

— Je me doutais que vous seriez impressionné, Lord Orm, lui sourit la Reine.

Kaldar entra en courant dans la pièce avant qu'il ne puisse répondre.

— Agda ! appela-t-elle.

Puis elle se redressa, observant la scène autour d'elle.

— Qu'est-ce que cela signifie ?

Elle rejoignit les captifs endormis en quelques grandes enjambées, du rose teintant ses joues pâles.

— Demandez à Orm, dis-je pour attirer l'attention de tout le monde. Il était au courant.

Le faë d'or porta une main à sa poitrine, avec un air de défi sur le visage.

— Bien sûr que non. C'est ma propre famille qui est là, dit-il.

Il regarda la Reine.

— Vous pouvez nous assurer qu'ils n'ont pas été blessés ? Selon le contrat, il est interdit de torturer des innocents.

Il jeta un regard cruel à Dakkar, ajoutant :

— En ce qui me concerne, j'ai lu attentivement chaque mot.

— Ils ont dormi pendant tout le temps qu'ils ont passé en ma compagnie, dit-elle en souriant. Ils resteront complètement indemnes, à moins que vous échouiez à garantir leur sécurité au bal de ce soir.

— Ce n'est pas juste !

— Ils n'ont jamais donné leur accord. On ne peut pas les utiliser comme ça ! dis-je en même temps que l'autre faë.

Orm ne dit rien.

Le contrat flotta vers moi, porté par le ruban d'ombre.

— Si vous voulez bien vous donner la peine de le lire, ou si vous trouvez quelqu'un qui puisse le faire pour vous, je vous jure que vous verrez que je ne fais rien de mal.

— Je n'ai jamais signé de contrat infernal !

— Tu es la championne de la Cour d'Ombre, petite humaine. Et la Cour d'Ombre a accepté.

— Vous le paierez en nature, Andask, cracha Kaldar, m'évitant de répondre.

— J'attends avec impatience votre tentative de vengeance, inévitablement ratée, lui dit gentiment la Reine. En attendant, je jure par le pouvoir de mon bâton qui m'a été conféré par Odin qu'ils ne subiront aucun dommage avant que vous ne les retrouviez à minuit.

— Il n'y a pas de meilleure promesse que celle-là, dit Orm en haussant les épaules.

Il s'inclina devant elle.

— Jusqu'à ce soir, ajouta-t-il, avant de repartir sur le tapis.

Dakkar poussa un nouvel aboiement de colère, puis se dirigea vers les deux faës à la peau brune suspendus dans l'ombre.

— Je reviendrai, murmura-t-il, avant de suivre Orm hors de la salle du trône.

Kaldar jeta un long regard à ses proches, puis partit à son tour.

Je savais que je devais partir avec eux. Rester seule avec elle, c'était bien le dernier risque que j'aurais dû prendre.

— Vous ne les auriez pas pris si Mazrith était là.

— Je l'aurais fait, gamine. Et d'ailleurs, il n'est pas là. Tes suppositions n'ont aucun intérêt.

— Je sais ce que vous êtes en train de faire.

— Non, pas du tout, dit-elle en passant lentement sa langue sur ses lèvres.

Des pas feutrés retentirent derrière moi, et je vis Rangvald dans ses longues robes.

— Ma Reine, les préparatifs de ce soir requièrent votre attention.

Il se tourna vers moi, ajoutant :

— Lady Frima vous demande de la rejoindre immédiatement dans la Suite du Serpent.

Avec un sifflement, je me tournai vers Lhoris et Kara.

— Attendez-moi quelques heures. Et par Odin, je la tuerai si elle vous fait du mal.

CHAPITRE 2

REYNA

— **P**utain de Mazrith ! m'écriai-je en donnant un coup de pied à la cheminée.

Brynja avait travaillé mes cheveux et mon visage pour me faire ressembler à quelqu'un qui aurait eu sa place parmi tous ces fous furieux.

Lorsque la bonne avait étalé une myriade de robes devant moi, j'avais instantanément choisi la plus remarquable, constituée d'un corsage à baleines écarlate et d'une jupe légère avec une longue fente qui me permettrait de me déplacer facilement.

Si tous les regards allaient être tournés vers moi et les autres champions ce soir, je voulais avoir l'air audacieux. Confiant. Envoyer un message à la Reine qui ne ratait pas l'occasion de me traiter de « petite ».

Mais une robe ne m'aiderait pas à sauver mes amis.

Et si j'échouais ?

Cette petite musique infernale imprégnait chacune de mes pensées depuis que j'avais quitté la salle du trône.

Et si la tâche était trop difficile, destinée aux faës et non aux humains ?

Bien sûr que oui. La Reine voulait me piéger. Ou, du moins, piéger Mazrith, à travers moi.

Ma colère contre le Prince monta en flèche.

— Cela ne serait jamais arrivé s'il n'était pas parti !

Frima haussa les épaules, faisant glisser les bretelles de sa robe noire quand elle porta un verre de vin d'ortie à ses lèvres.

— Peut-être pas, mais les Affamés auraient alors tué et dévoré les clans humains qu'il est parti protéger. Tu aurais préféré ?

Je lui lançai un regard noir. Elle avait raison, mais je n'avais pas besoin qu'on me prouve que j'avais tort maintenant. J'avais besoin de me mettre en colère.

— Il a piqué une crise parce que je lui cachais des choses. Vous trouvez ça juste, vous ? Je veux dire, vous iriez raconter tous vos petits secrets à votre kidnappeur ?

Elle pencha la tête.

— Le sujet de votre dispute ne regarde que vous. Mais Maz apprécie l'honnêteté. Pour de bonnes raisons.

— Eh bien, moi, j'apprécie mes amis. Et maintenant, à cause de lui, ils pourraient...

Je fronçai les sourcils, perdant soudain ma voix.

Frima me tendit son verre. Je me mordis la lèvre, puis je le pris.

— Reyna, c'est sa faute si vous êtes tous ici, je te l'accorde. Mais je pense que tu sais que ta colère devrait être dirigée contre la Reine. Pas contre Maz. Tu dois la canaliser. L'utiliser pour la défier. Pour gagner.

— Et si…

Je marquai une pause, puis j'avalai ce qui restait dans son verre, me délectant de la brûlure. Je fixai le récipient vide, ma voix se réduisant à un murmure.

— Et si je n'y arrive pas ?

La femme faë prit une grande inspiration, puis me donna une grande tape sur l'épaule.

— Tu y arriveras. Tu as gagné la course de chevaux. Et si l'épreuve nécessite de la magie, je ferai tout ce que je peux pour t'aider.

Je dirigeai mes yeux vers les siens.

— Vraiment ?

— Quand est-ce que tu croiras enfin ce qu'il y a juste sous ton nez ? demanda-t-elle, sa poigne se resserrant sur mon épaule nue. Je sers Maz. Jusqu'à la fin. Et s'il veut que tu sois en sécurité, je veux que tu sois en sécurité.

Sa poigne se relâcha.

— Et s'il t'aime, je t'aime aussi.

— Je pense… Je pense qu'il m'aimait bien, oui.

Ma voix était encore petite.

— Il reviendra.

Je secouai la tête.

— J'ai vu quelque chose que je n'aurais pas dû voir. Quelque chose de personnel à propos de lui, et je ne lui ai jamais dit.

Les yeux de Frima s'illuminèrent, et ses lèvres se pincèrent.

— Même si j'aimerais que tu me dises ce qui lui

arrive, il faut que tu t'arrêtes. S'il pense que tu as révélé ses secrets, ce sera pire.

— Je n'allais pas vous le dire, j'ai juste...

Je cherchai les mots justes.

— Il faut juste que vous sachiez qu'il est en colère. Vraiment en colère.

— Je me souviens que tu as crié aussi. A-t-il fait quelque chose de mal ? En dehors du fait qu'il t'a enlevée, bien sûr.

— Il s'est glissé dans mes rêves, dis-je en me renfrognant.

La bouche de Frima se retroussa au coin.

— Des rêves induits par du vin faë, peut-être ?

Mon visage s'enflamma.

— Comment le savez-vous ? C'est dans ses habitudes ?

La colère monta.

Elle rit.

— Non. Mais vu la façon dont vous vous comportez l'un avec l'autre, ce n'était pas difficile à deviner. Ce n'est qu'une question de temps avant que vous ne vous entre-tuiez ou que vous ne vous baisiez.

Je reculai, incapable de soutenir son regard rieur.

— Eh bien, je ne pense pas qu'il y ait beaucoup de risques que je le tue, vu que c'est un faë tout-puissant et moi une humaine avec un bâton.

« *Il est impossible qu'elle soit humaine.* » Les paroles de Tait résonnèrent dans ma tête, et je les chassai.

— C'est vrai. Alors, soit il te tue, soit vous baisez, dit-elle en haussant les épaules. C'était un bon rêve ?

— Je ne répondrai pas à cette question.

— Cela veut dire oui.

Elle se dirigea vers l'armoire à boissons et se versa un autre verre de vin.

— Combien de temps nous reste-t-il avant le bal ? demandai-je, cherchant désespérément à changer de sujet, puis regrettant aussitôt de l'avoir fait, l'image de Lhoris et Kara suspendus dans la salle du trône m'envahissant l'esprit.

— Assez longtemps pour boire ça, marmonna-t-elle, avant de me regarder. Tu peux le faire, Reyna. Sans Maz.

Ellisar nous rejoignit alors que nous allions de la Suite du Serpent vers la salle des fêtes où devait se tenir le bal.

— Comment te sens-tu ? lui demandai-je.

— Mal au crâne, grogna-t-il. Mais au moins, je ne vois plus tout bleu. Mais j'ai essayé de les protéger, ajouta-t-il en me jetant un regard en coin.

Je n'avais jamais vu le grand gaillard rester aussi longtemps sans sourire.

— Je te crois.

De la même façon que Frima obéirait à son maître jusqu'à la mort, j'étais sûre qu'Ellisar ferait de même. Et contrairement à Svangrior, j'avais l'impression qu'il nous en voulait moins.

— Si la Reine leur a fait du mal, je m'assurerai de subir la même douleur. C'est ma faute si elle les a.

Mes sourcils se haussèrent à ses mots. Courage.

Honneur. Loyauté. C'étaient les valeurs d'*Yggdrasil,* si invisibles à la Cour d'Or.

— Elle a juré de ne pas leur faire de mal.

Il acquiesça.

— Je prie pour qu'elle ait tenu parole et que l'épreuve soit taillée pour toi.

— On va jouer aux échecs, alors, marmonnai-je.

— C'est possible, dit Frima.

Nous avions atteint le grand escalier, et je pouvais voir les faës aller et venir sur les dalles aux motifs audacieux en contrebas, parés de leurs atours.

— On ne peut qu'espérer.

Lorsque nous arrivâmes aux portes ouvertes de la salle de bal, j'en eus le souffle coupé et je sentis Frima se crisper à mes côtés.

— Par Odin, souffla-t-elle.

— Elle ne plaisante pas, murmura Ellisar.

Il n'avait pas tort. La Reine avait fait en sorte que ses invités n'oublient jamais leur visite au palais de la Cour d'Ombre.

Les urnes que j'avais déjà vues dans la salle du trône tapissaient maintenant les murs bordeaux de l'immense salle, remplies de crânes à n'en plus finir. Des rubans noirs et argentés pendaient du plafond caverneux, atteignant presque les invités, et ils auraient été jolis s'ils n'avaient été, une fois de plus, ornés de globes oculaires. Une table géante en fer à cheval dominait la pièce, chargée de plateaux de nourriture, et des centaines de faës vêtus des plus beaux habits que j'aie jamais vus se tenaient en groupes, buvant et discutant dans l'espace entre les tables.

Mais ce fut le sol qui attira mon attention. Il était en verre, et en dessous, captant la lumière, semblait couler une rivière de sang qui se tordait, tournait et sinuait.

— S'il vous plaît, dites-moi qu'il y a un truc ou que c'est une illusion, qu'il n'y a pas réellement des rivières de sang qui coulent sous le palais, chuchotai-je, en pointant du doigt.

Frima ne répondit pas.

Un thrall en belles robes noires frappa sur un petit tambour à côté de la porte quand nous entrâmes dans la salle.

— La fiancée du Prince Mazrith Andask, Reyna Thorvald.

Le silence se fit dans la salle, et plus d'une centaine de têtes se tournèrent vers nous. Je me redressai en espérant que les poudres que Brynja avait appliquées sur ma figure cacheraient la couleur qui, je le savais, me monterait aux joues.

Un autre thrall bien habillé se précipita vers nous pour nous tendre des verres de vin.

Frima se déplaça, et je forçai mes jambes à la suivre dans la pièce. Chaque faë que nous croisâmes nous adressa quelques mots de félicitations pleins de tension, avec de la méfiance et du dégoût mal dissimulés sur toutes les paires de lèvres.

Cela me rendait nerveuse d'être debout au-dessus de la rivière qui filait en contrebas, mes yeux constamment attirés par le mouvement. La chute ne semblait pas très haute, mais après ma récente altercation dans le sanctuaire, je n'avais aucune envie de marcher sur un sol transparent.

Tout ce que je voulais, c'était retrouver mes amis.

Je scrutai la foule à la recherche de la Reine et la repérai à la tête de la table en fer à cheval. Après quelques minutes de sourires et de hochements de tête à l'attention de faës qui m'auraient planté un couteau dans le cœur aussi facilement qu'ils me parlaient, je me dirigeai vers elle.

Elle portait du noir et du vert, une robe magnifique rehaussée de bijoux encore plus magnifiques. Je tentai d'observer son bâton, mais il se déroba à chaque fois que mon regard se posa dessus.

— Reyna. Tu semblerais presque à ta place ici, me dit-elle avec son ton maladivement doucereux.

— Vous êtes charmante, dit Rangvald en inclinant légèrement la tête.

Avant que je n'aie eu le temps de répondre, elle frappa le sol en verre avec son bâton.

Mon pouls s'accéléra.

— Invités ! Nos champions sont tous arrivés. Que le spectacle commence !

L'espace entre les tables se couvrit d'ombre, et quand elle se dissipa, une longue poutre apparut au-dessus de la pièce.

Tous les captifs y étaient attachés, ligotés au niveau du ventre, suspendus à cordes jetées par-dessus la poutre et fixées à une grande boîte noire sur un piédestal, de l'autre côté.

On aurait dit qu'ils dormaient encore, mais à trois mètres du sol.

— Champions, dirigez-vous vers les boîtes reliées à vos proches, si vous le voulez bien, dit la Reine en couriant.

Nous fîmes tous ce qu'elle nous avait demandé.

— La corde qui les retient est attachée à l'intérieur des boîtes. Il suffit de les dénouer. Mais je vous recommande d'avoir quelqu'un pour les attraper. La chute est un peu dure, ajoute-t-elle avec un petit rire.

Je regardai les deux boîtes. Elles n'avaient ni couvercle ni charnière, juste un trou rond devant, noirci d'ombres sombres et opaques.

Qu'y avait-il là-dedans ?

— Pour pimenter un peu les événements, laissez-moi vous présenter quelques-uns de mes animaux de compagnie, déclara la Reine.

Elle fit un geste de la main, et huit énormes araignées apparurent sur la poutre, une au-dessus de chaque captif suspendu. Comme retenues par une force invisible, les araignées agitaient les pattes, mais ne bougeaient pas.

Je me mordis fort la langue, mes entrailles changées en bouillie.

Toutes les araignées d'*Yggdrasil* étaient venimeuses.

— Bien qu'elles soient assez lentes, leur venin est incroyablement puissant, chantonna la Reine. Alors, s'il vous plaît, si vous tenez à la vie de vos proches, ne traînez pas.

Un tambour retentit quelque part, et la foule s'agita en chuchotant.

— Allez !

Ce qui retenait les araignées disparut, et je plongeai la main dans la boîte reliée à Kara.

CHAPITRE 3

REYNA

D e l'eau, ce fut ma première pensée.

Puis de la douleur.

Je sentis des impulsions à divers endroits de ma main, me remonter le long du bras pour disparaître au niveau de mon épaule.

Je serrai les dents et j'entendis jurer Orm à côté de moi.

La satisfaction de voir le faë souffrir me poussa à continuer. Alors que je bougeais la main dans l'eau, à la recherche de la corde qui retenait Kara, je sentis des centaines de choses glissantes contre ma peau, accompagnant les impulsions constantes. Des anguilles électriques.

Je serrai le poing, essayant de soulager ma paume une seconde, puis je continuai à chercher, faisant tout mon possible pour ignorer les décharges électriques.

Avec un soubresaut de soulagement, je sentis mes

doigts se refermer sur une cheville à laquelle était solidement attachée une corde grossière. Je trouvai la partie où le nœud était le plus serré et je commençai à tirer dessus.

À cet instant, l'intensité des décharges électriques passa de la douleur à l'agonie pure et simple.

J'entendis d'autres jurons de part et d'autre, et je supposai que les autres avaient aussi trouvé la corde. Fermant les yeux, je pris une grande inspiration et me concentrai, forçant mes doigts à tirer malgré la douleur. Mais les décharges électriques et l'eau froide faisaient de l'effet, celui de m'engourdir les doigts, ce qui devenait difficile à ignorer.

— Allez, Reyna, me dis-je en sifflant.

La corde devenait plus lâche à l'endroit le plus large, et je passai mes doigts le long du reste de la corde, cherchant à savoir où tirer ensuite.

Il y eut un sifflement de la foule, et mes yeux s'ouvrirent, tout droit sur les araignées. Elles se déplaçaient rapidement le long de la corde, mais aucune n'avait encore entamé sa descente vers sa proie.

Je redoublai d'efforts et poussai un cri involontaire lorsque la corde céda brusquement à la traction de mes doigts presque inertes.

— Frima ! criai-je quand la corde se détacha et que le corps de Kara commença à tomber vers le sol.

Frima s'élança dans la foule, rattrapant Kara de justesse. Un autre corps tomba, et une faë aux cheveux bleus s'élança pour le rattraper.

Je me retournai vers les boîtes, ne perdant pas de

temps avant de pousser mon autre main, moins engourdie, dans la boîte suivante.

Cette fois, la douleur fut instantanément atroce. L'instinct prit le dessus, et je ressortis vivement la main de la boîte, avec la chose qui m'avait mordue toujours attachée.

Je fixai d'un air hébété le scorpion d'un jaune maladif attaché à mon pouce, avant que mes sens ne reprennent le dessus. Je me secouai la main vers le sol pour le déloger. Il s'enfuit, et j'aspirai une bouffée d'air lorsque la plaie à ma main commença à verdir. Je ne savais pas combien il y en avait d'autres, mais je savais que la vie de Lhoris dépendait de moi.

— C'est juste de la douleur, Reyna, dis-je en serrant les dents.

— Ce sera bientôt fini, résonna la voix de Voror dans ma tête.

— Merci, Voror, murmurai-je.

Et je replongeai ma main.

Il y en avait au moins cinq autres, pensais-je, avec des larmes qui me ruisselaient sur les joues tandis qu'ils plantaient leurs dards dans ma chair, encore et encore.

Cette fois, je trouvai la corde plus rapidement, mais la douleur m'empêchait de bouger les doigts correctement, comme si tous mes sens s'étaient réduits à un brouillard brûlant.

Je tâtonnai sur la corde, consciente que je faisais beaucoup moins de progrès qu'avec Kara, mais refusant de regarder l'araignée qui se dirigeait vers Lhoris.

Avec un méchant juron, je retirai vivement la main, espérant déloger d'autres de ces créatures maléfiques.

Deux sortirent avec moi, et je les repoussai d'une pichenette. Je fixai ma main en battant des paupières. Elle était tellement gonflée que j'étais étonnée d'avoir fait des progrès avec la corde. J'enfonçai mon autre main, avec laquelle, heureusement, je sentis mieux la corde. Je tirai dessus aussi fort que possible, avant que les piqûres ne reprennent.

La foule applaudit, et je ne pus m'empêcher de regarder. La couronne d'Orm tomba par terre.

Contre ma volonté, mes yeux dardèrent vers la corde de Lhoris. L'araignée était à un pied de son corps sans défense.

Je tirai sur la corde, mais sans parvenir à la détacher. Mon pouls accéléra au point de me donner le vertige, et j'essayai d'aspirer de l'air tout en forçant mes doigts à bouger.

Un battement lent s'installa, alors les invités tambourinaient sur les tables et tapaient du pied. *Un compte à rebours.*

Ils pensaient que c'était un divertissement ? Un putain de jeu pour le plaisir des yeux ?

— C'est de la barbarie ! hurla la voix furieuse de Dakkar.

J'entendis Kaldar pousser un cri étranglé.

La fureur emportait la douleur, mais ma main de malheur ne fonctionnait plus. Je baissai les yeux vers mon autre main, en me demandant si je pouvais encore échanger, mais celle-ci avait encore plus gonflé.

— Allez, espèce de bâtard maudit par Odin !

Je tirai aussi fort que possible sur la corde, mais mes gros doigts n'arrivaient même plus à serrer.

Un sentiment d'effroi m'envahit lorsque je me rendis compte que mes deux mains étaient désormais inutiles.

Je n'y arriverais pas. Je ne pouvais pas détacher la corde avant que l'araignée n'atteigne Lhoris.

— Frima ! appelai-je, regardant la femme faë au-delà des captifs suspendus.

Son visage était impassible, mais ses yeux étaient remplis de colère. Elle resserra la main sur son bâton, alors que je lâchais complètement la corde.

Allait-elle l'aider ? Irait-elle à l'encontre de la Reine et des règles du jeu pour sauver un orfèvre qu'elle ne connaissait pas ?

S'il vous plaît, s'il vous plaît, s'il vous plaît, Freya, Odin et *Frima*, s'il vous plaît, sauvez-le.

Des ombres surgirent dans la pièce, un énorme boum attirant l'attention de tout le monde.

Tout le monde, sauf moi.

Mes yeux étaient rivés sur les cordes, que les ombres tranchaient comme du beurre. Lhoris chuta violemment. Frima le remarqua juste à temps et le rattrapa, retenant sa tête qui allait heurter le sol. La captive de Kaldar atterrit durement sur le faë en dessous d'elle, qui fixait la porte.

Je retirai ma main de la boîte, la vue brouillée de larmes. Je me tournai vers les portes.

Je savais déjà qui j'allais voir.

Mazrith comblait l'arche de sa présence. Les ombres

tourbillonnaient autour de lui dans un nuage de fureur, et son masque de crâne brillait d'un éclat menaçant. Ses énormes épaules étaient dénudées, et son torse recouvert de peintures de guerre noires. Ses cheveux noirs tressés cascadaient sur ses épaules.

Je tombai à genoux quand ses yeux trouvèrent les miens.

Merci. Merci. Merci.

Je savais qu'il ne pouvait pas entendre mes pensées. Mais je les envoyai quand même. Je les projetai de toutes les façons possibles.

— Vous profitez de mon absence pour jouer avec nos invités ? grogna Mazrith en entrant dans la pièce.

J'entendis un bruit anormal, et je sentis que quelque chose n'allait pas du tout. Je jetai un coup d'œil à mes mains.

Le venin de scorpion me jouait-il des tours ?

— Rien que tu n'aurais pas fait, mon fils, sourit la Reine alors que la foule se séparait, ouvrant un passage entre les deux souverains.

— Au contraire. J'ai défendu notre Cour, et nos invités, contre une attaque sans précédent.

— Sans précédent ?

Cela n'échappa à personne qu'il avait répété les mots de la Reine.

— J'en doute, mon cher fils, dit-elle en souriant.

— Oh, croyez-moi, belle-mère. C'est vraiment sans précédent.

Il leva son bâton, et six guerriers entrèrent dans la pièce derrière lui. Ils transportaient une cage, des ombres tourbillonnant autour des barreaux. Ils ne cachaient pas ce qu'elle contenait.

Je basculai en arrière, mes jambes incapables de supporter mon poids, même à genoux.

Il s'agissait d'un Affamé.

CHAPITRE 4
REYNA

La Reine ouvrit la bouche, puis la referma. Je les regardai fixement, faisant tout ce que je pouvais pour ne pas regarder l'Affamé qui se débattait dans la cage, ses gémissements hideux résonnant dans le silence stupéfait de la salle de bal.

La Reine jeta un regard à Orm, qui s'éloigna des caisses. Son otage reprenait connaissance, clignant des yeux et murmurant dans le silence.

— Prince Mazrith, dit Orm en écartant les bras. N'est-il pas déplacé d'apporter ceci à une fête ?

Mazrith grogna à son attention.

— Ce qui est déplacé, c'est de faire la fête alors que notre Cour est attaquée par des monstres ! Où est le chef de la garde royale ?

Il se tourna vers la Reine. Elle jeta un coup d'œil à Rangvald en hochant la tête, et celui-ci partit avec précipitation, contournant largement Mazrith et la cage.

Kaldar marcha vite, droit vers deux jeunes faës aux cheveux bleus, inconscients.

— Je présente mes excuses à nos invités pour cette interruption, dit la Reine à voix haute.

Dakkar prit la parole, ignorant totalement la Reine et s'adressant à Mazrith.

— Ils ont attaqué votre Cour ?

— Oui. Nous les avons repoussés au-delà de la rivière-racine.

— Y a-t-il un nombre élevé de victimes ?

La question qu'il ne posa pas étouffa l'air. *Avaient-ils pu créer beaucoup d'autres Affamés à partir des humains qu'ils avaient massacrés ?*

— Nous sommes arrivés à temps pour limiter les dégâts, fut la réponse brusque de Mazrith. Cette fête est ajournée. Il y aura un conseil de guerre à l'aube.

Il regarda tour à tour Kaldar, Dakkar et Orm.

— Puisque vous êtes maintenant concernés, vous pouvez vous joindre à nous si vous le souhaitez.

Il frappa du bâton par terre, et les six guerriers soulevèrent la cage et reculèrent hors de la pièce. Svangrior entra à grands pas dans la pièce, et se dirigea tout droit vers Frima et mes amis. Lhoris se réveillait, le visage pâle et les yeux dilatés. Kara dormait encore. Svangrior se pencha et prit la jeune fille dans ses bras. Frima aida Lhoris à se relever, marmonnant quelque chose sur le fait qu'on allait bientôt tout lui expliquer.

La tête me tournant toujours, mais mon pouls ralentissant enfin, j'essayai de me lever. Mes mains rugirent de douleur, tellement enflées qu'on aurait cru que je portais une énorme paire de gants d'un vert maladif.

Du froid me toucha les flancs, puis quelque chose m'aida à bouger.

Des ombres. Elles tourbillonnèrent autour de moi, m'aidant à me relever. Je verrouillai mon regard dans celui de Mazrith. Il n'avait pas bougé. Je ne le quittai pas des yeux, ne regardant ni la Reine ni le flot de faës bavards de part et d'autre de moi, tandis que je me dirigeais vers les portes.

— Merci, dis-je lorsque j'arrivai à l'imposant Prince faë. Il serait mort.

La fureur dansait dans ses yeux pâles, derrière le masque.

— À la Suite du Serpent. Maintenant.

Dès que nous entrâmes dans les appartements du Prince, tout le monde parla en même temps.

— Est-ce qu'elle... est-ce qu'elle va bien ? demanda la voix d'Ellisar, inhabituellement basse, alors que Svangrior déposait Kara dans le fauteuil.

— Elle s'en sortira, murmura le guerrier faë.

Lhoris se dirigea vers elle en même temps que moi. Elle avait l'air paisible, sa poitrine se soulevant et s'abaissant régulièrement.

— Qu'est-ce qui s'est passé ? demanda Lhoris en me regardant, alors que les faës adressaient tous leurs questions à Mazrith.

— La Reine vous avait enlevés, tous les deux. Pour un jeu destiné aux champions, commençai-je à lui dire.

Mais la voix de Mazrith retentit au-dessus de toutes les autres, nous coupant la parole.

— Reyna. Viens avec moi.

Il se dirigea vers sa chambre, et je ravalai mon inquiétude et le suivis.

— Je pensais ce que j'ai dit. Merci d'avoir sauvé Lhoris, commençai-je dès mon entrée dans la pièce.

Il faisait sombre à l'intérieur, car le feu était faible.

Mazrith retira son masque, repoussant ses cheveux de son visage. Les perles à ses tresses scintillèrent à la lumière du feu, et ses yeux s'illuminèrent lorsqu'il me regarda.

— À la salle de bain.

Je haussai les sourcils.

— Cela fait-il encore mal ? demanda-t-il en montrant mes mains.

Je réalisai soudain que c'était le cas.

— Oui.

— Alors, il ne te reste plus beaucoup de temps avant de perdre le bout de tes doigts. À la salle de bain.

Je me précipitai à sa suite dans la salle de bain bien éclairée. Il me désigna la baignoire en cuivre, et je me perchai sur le côté en tendant les deux mains.

Des ombres s'échappèrent de son bâton et s'enroulèrent autour de mes mains gonflées.

Mazrith resta silencieux.

— Que font les ombres ? demandai-je.

C'était difficile d'avoir l'air décontracté, mais j'essayai.

— Les scorpions viennent de cette cour, et de la magie d'ombre. Je peux en extraire le venin. Les piqûres guériront normalement, répondit-il d'une voix hachée.

Il observait les ombres, pas mon visage.

— Mazrith.

Lentement, ses yeux croisèrent les miens.

— Je ne vous ai pas parlé de la vision que j'ai eue à propos de votre mère parce que je ne vous faisais pas vraiment confiance. Mais maintenant... si.

Tu es une menteuse et une hypocrite. J'en ai fini avec toi.

Ses mots résonnèrent dans mon esprit tandis qu'il me fixait. En silence.

Mon ventre se noua.

— Si vous me guérissez, c'est que vous êtes un peu moins fâché, sans doute ?

— Je ne veux pas que tu meures.

— Eh bien, c'est déjà ça, je suppose.

Je lui adressai un sourire gêné, qu'il ne me rendit pas. Je soupirai.

— Je comprends que vous n'aimiez pas qu'on vous mente.

— Il ne s'agit pas seulement de ça, et tu le sais, grogna-t-il. Tu prétends être terrorisée à l'idée que je tire tes secrets de ton esprit, et pourtant, tu...

Il s'interrompit, le regard noir.

Je carrai les épaules, me préparant mentalement.

— J'ai une bonne raison d'avoir peur que mes secrets soient découverts, dis-je lentement.

— Parce que tu n'es pas humaine ?

Ces mots étaient un grognement.

Je plissai les yeux.

— Bien sûr que je suis humaine. Je ne sais pas ce qui m'arrive, mais je peux vous garantir que je suis humaine.

Il grogna.

Je déglutis à nouveau, plus fort.

— Non, j'ai une autre raison. J'ai d'autres choses à vous dire. Pas à propos de vous, mais à propos de moi. Mais seulement si vous continuez à travailler avec moi pour découvrir ce qui se passe.

Des ombres dansaient dans ses yeux brillants tandis qu'il fixait les miens. Je me forçai à soutenir son regard pénétrant.

— Dis-moi exactement ce que tu as vu. À propos de moi et de ma mère.

J'acquiesçai.

— Je vous dirai tout. Si nous poursuivons cette quête ensemble.

— Tu ne me feras pas chanter, Gildi.

Il montra les dents tout en parlant.

— Dis-moi ce que tu sais de moi, ce que tu m'as caché, et je déciderai de la suite.

Je fermai les yeux, inspirai et lui racontai exactement ce que j'avais vu dans ma vision à propos de sa mère, puis dans la deuxième vision concernant le bâton de brume.

Quand je rouvris les yeux, les siens n'étaient plus sur moi, mais posés sur le sol carrelé.

— C'est tout ?

— À propos de vous, oui.

Ses yeux replongèrent dans les miens, et je me sentis mal à l'aise. Si j'allais être parfaitement honnête avec lui, autant faire les choses bien.

— Sauf, euh, une autre chose qui est un peu plus récente.

La colère traversa ses traits. J'essayai de lever les mains en signe de protestation innocente, mais les ombres m'en empêchèrent.

— C'est arrivé après notre dispute !

— Qu'est-ce qui s'est passé ?

— Eh bien, c'est l'autre chose que je dois vous dire. Et je le ferai seulement si on recommence à s'entraider.

Il poussa un long soupir grondant.

— Je ne te fais pas confiance.

Une vague d'agacement m'envahit.

— Eh, ça va dans les deux sens, vous savez. Vous n'êtes pas innocent dans toute cette histoire. Non seulement vous m'avez enlevée et vous avez menacé de tuer mes amis, ce qui n'est pas un très bon départ pour une relation de confiance, mais en plus, vous avez pénétré dans mes pensées après avoir promis de ne pas le faire !

Son regard s'adoucit un peu.

— Je suis désolé.

— Vous l'êtes ?

— D'avoir trahi ta confiance, oui. Mais pas d'avoir trouvé ce dont j'avais besoin dans un rêve plutôt que dans ton lit. Ni de t'avoir enlevée à la Cour d'Or.

Mes joues s'échauffèrent. Un picotement agréable me parcourut les poignets et les doigts, et j'essayai de me concentrer là-dessus.

— Oui, bien sûr. Ce serait plus compliqué si on avait... euh, vous savez.

Mazrith ne dit rien.

Je me mordillai la lèvre pendant un moment, puis baissai les yeux vers mes mains. L'enflure verte avait presque disparu, remplacée par des piqûres rouges.

— Je suis également désolée, dis-je à voix basse. De ne pas vous l'avoir dit plus tôt. Et que vous ayez perdu votre mère.

Il ne répondit pas pendant un moment.

— Combien de fois dans ta vie as-tu utilisé ce mot ?

Je levai les yeux vers lui.

— Désolée ?

Il hocha la tête.

— Pas beaucoup. Ça aide ?

— Oui.

— Alors, vous me pardonnez ?

— Non. Et je ne te fais toujours pas confiance.

Il prit une profonde inspiration, et je remarquai les coupures récentes peu profondes le long de ses épaules.

— Mais nous irons jusqu'au bout. Je crois que le destin ne nous a pas laissé le choix.

Je le regardai d'un air renfrogné.

— Si je dois dévoiler tous mes secrets, il me faudra plus que cela.

Il haussa les épaules, et ses cheveux cascadèrent.

— C'est tout ce que je te donnerai.

— Alors même si je vous dis tout ce que je sais, vous ne me parlerez pas de votre malédiction ni de votre mère ?

— Je ne te dirai rien de plus que ce que tu as besoin de savoir. Comme avant.

Il se décolla du mur, se déplaça rapidement et s'accroupit devant moi, nos yeux au même niveau. Il tendit une main, retenant mon menton entre son pouce et son index. Mon cœur battait la chamade dans ma poitrine, mes poumons oppressés tandis que son regard me retenait avec la même fermeté que ses doigts.

Lorsqu'il parla, sa voix était basse.

— Il ne s'agit pas de moi, petite menteuse. Je commence à croire qu'il s'agit de toi. Ce qui veut dire que tu me dis tout, et que nous nous mettons d'accord sur ce que *tu* es censée faire pour réparer ce putain de désastre.

CHAPITRE 5

REYNA

— **C**'est le milieu de la nuit, dis-je en regardant Mazrith attaquer une cuisse de poulet. On ne peut pas en parler demain ?

— Non, dit-il sans me regarder.

Nous étions assis sur deux chaises devant la cheminée de sa chambre, dont le feu avait été ravivé. Un chariot recouvert de victuailles se trouvait devant lui, et je devinais que son combat contre les Affamés l'avait fatigué, car je croyais fermement qu'il allait tout dévorer.

— Je mange, tu parles, dit-il. Ensuite, je tiens le Conseil de guerre pour que les humains de ma Cour ne deviennent pas tous des morts-vivants d'ici la fin de la semaine.

Je me tortillai sur mon siège et bus une gorgée de la boisson qu'il m'avait proposée. Mes papilles s'illuminèrent. Du café.

— OK. Donc, je suppose qu'il y a deux choses princi-pales. Mais les deux impliquent des visions.

Il ne dit rien et continua à manger.

Je pris une nouvelle gorgée de mon verre et décidai de commencer par le plus facile.

— Pendant l'épreuve du lancer de pierres, il s'est passé quelque chose. Sur le moment, j'ai pensé que c'était vous ou Frima qui m'aidiez. Mais maintenant, je n'en suis plus si sûre, car cela s'est reproduit lors de la dernière épreuve, et aucun de vous n'était assez près de moi pour faire ça.

Il s'arrêta, le pain à mi-chemin de sa bouche, et me regarda.

— La dernière épreuve, dit-il doucement, comme s'il avait complètement oublié.

J'acquiesçai.

— Ça s'est bien passé.

— Vraiment ? Idunn s'est bien débrouillée ?

— Idunn n'a rien fait. Votre belle-mère nous a attribué des chevaux et m'a donné Rasa.

Mazrith se figea.

— La jument de ma mère ?

— Oui.

Ses yeux me parcourent rapidement.

— Je suis étonné que tu n'aies rien de cassé.

Je lui lançai un regard qui, je l'espérais, n'était pas aussi orgueilleux que je me sentais.

— Il se trouve qu'elle m'aime bien, dis-je. Je pense que nous partageons le même désir de liberté.

Son visage s'adoucit complètement – une expression chaleureuse que je n'étais pas sûre de lui avoir déjà vue.

— Elle a bien couru ?

— Incroyablement. On a gagné.

De la lumière brilla dans ses yeux, vite remplacée par de l'ombre.

— Je suis heureux de l'entendre.

— Autant que moi. Mais laissez-moi vous dire ce qui m'a aidée à gagner. À part Rasa, bien sûr. Pendant le lancer de pierres et la course, j'ai eu des visions.

— Comme celle à propos de ma mère ?

Sa voix était à nouveau réservée, la chaleur ayant disparu.

— Non, rien de tel. J'ai vu à travers les yeux de mon adversaire, en temps réel. Et j'ai eu une idée de leurs sentiments. De la haine, de la joie ou de la peur.

Le Prince baissa la main et posa du pain sur le chariot.

— Et tu pensais que cela venait de l'un d'entre nous ?

— Oui, pour m'aider. Vous faites de la magie de l'esprit.

Il secoua la tête.

— La Reine est la seule à pouvoir faire ça, avec le pouvoir d'un bâton de brume.

Je déglutis.

— J'ai eu une autre vision de ce genre.

Son regard me transperça.

— À travers, euh, vos yeux. Vous parliez à Tait. Et il vous a dit que je n'étais pas humaine.

— Alors maintenant, tu es une espionne, grogna Mazrith.

— Pas intentionnellement ! Je ne contrôle rien de tout ça. Ça a commencé après que vous m'avez ramenée ici.

Après une pause gênante, il reprit la parole.

— Et la deuxième chose que tu devais me dire ?

Je bus une plus grande gorgée de ma boisson.

— Lhoris a commencé à s'occuper de moi quand j'avais une dizaine d'années, je crois. Je n'ai aucun souvenir de ma vie d'avant. Mais ce que je sais, c'est qu'à chaque fois que je travaille l'or, j'ai des visions intenses après coup.

Je ne pouvais pas le regarder pendant que je parlais. La seule personne à qui j'avais raconté cela était Lhoris, plus de dix ans auparavant.

Toute ma vie, j'avais su, avec plus de certitude que je ne savais quoi que ce soit d'autre, que mes visions devaient rester secrètes. C'était mal que d'autres le sachent, je le sentais jusque dans mes os.

Je fermai les yeux, me forçant à continuer. Tout cela me dépassait, maintenant. Je ne pouvais pas aller jusqu'au bout toute seule. Ce qui signifiait que je devais partager.

— La vision est toujours la même. Enfin, jusqu'à ce que je voie votre mère. Il y a trois ou parfois quatre vagues. Et j'entends, je sens, puis je vois la même chose.

— Que vois-tu ?

Sa question pesait lourd dans l'air, et je me sentis mal. Je me forçai à entrouvrir les lèvres, puis lui répondis.

— Les Affamés.

Le silence envahit la pièce.

Il finit par reprendre la parole.

— Tu as eu des visions des Affamés toute ta vie.

Ce n'était pas une question, mais plutôt une déclaration incrédule.

— **Oui.**

— Et tu crois sincèrement que tu es humaine ?

Je me forçai à le regarder.

— Je *suis* humaine. Marquée d'une rune, mais humaine.

— Je n'arrive pas à décider si je dois te croire ou non.

— À propos des visions ?

— Non, si tu crois vraiment que tu es humaine.

Je lui lançai un regard noir.

— Pourquoi mentirais-je ?

— Parce que tu es une menteuse.

Je me levai, me retenant de justesse de donner un coup de pied à la chaise, agacée.

— Je viens de vous dire quelque chose que je n'avais jamais dit à personne, et vous me traitez de menteuse et vous m'insultez ? Si c'est comme ça, alors j'arrête de parler avec vous. Je suis trop fatiguée pour ces conneries.

— Je suis désolé.

Ces mots me firent dégonfler aussitôt. Je ne voyais pas de chagrin sur son visage, mais il avait dit les mots, immédiatement.

— Vraiment ?

— De te voir en colère ? Oui. Vraiment. Assieds-toi.

Je m'exécutai, frottant ma main sur ma figure et tressaillant à cause des nombreuses piqûres. La journée avait été longue, et j'étais fatiguée. L'épuisement, nourri par le soulagement de savoir mes amis enfin en sécurité, se mélangeait à l'adrénaline d'avoir divulgué mon plus grand secret au Prince faë.

Mazrith me regardait toujours, l'air pensif, mais pas effrayé.

Non pas que je ne m'attendais pas à ce qu'il me craigne, mais qu'il me juge ? Qu'il soit dégoûté, peut-être ? Personne n'aurait jamais dû avoir le moindre lien avec ces créatures.

Prenant mon courage à deux mains, je le regardai dans les yeux et j'exprimai à voix haute la peur que j'avais portée en moi seule toute ma vie.

— Ils savent qui je suis. Je les ai vus toute ma vie, et maintenant, je me demande s'ils n'ont pas essayé de communiquer avec moi pendant tout ce temps. Et si je représentais quelque chose pour eux ?

Mazrith soutint mon regard.

— Ils n'avaient jamais convergé vers une Cour comme ils sont en train de le faire, ni essayé de bloquer la rivière-racine. Je crois qu'ils sont à ta recherche. Et il est clair que cela date d'avant notre quête.

Mon estomac se serra, et de la bile me remonta dans l'œsophage tandis que la voix de l'Ancienne résonnait dans mon esprit. Ils avaient bien failli m'avoir, cette nuit-là. Et maintenant, ils étaient assez audacieux pour atta-quer la Cour où je me trouvais.

— Pourquoi seraient-ils à ma recherche ? Qu'est-ce que je peux bien avoir qu'ils veuillent ?

Les yeux du Prince s'assombrirent en transperçant les miens.

— Je ne sais pas. Y a-t-il quelque chose d'autre que tu voudrais me dire ?

Les paroles de la mystérieuse faë de Voror me traversèrent l'esprit. *L'avenir d'Yggdrasil.*

Mais alors que j'ouvrais la bouche pour parler, la voix de Voror entra dans ma tête.

— Ne lui parle pas de la faë qui est venue me voir. Elle a été très claire sur le fait que son existence ne devait être révélée à personne d'autre qu'à toi.

Je fis de mon mieux pour garder l'air dégagé, mais Mazrith dut voir mon expression changer. Il me jeta un regard interrogateur, puis leva les yeux vers le ciel.

— Ton hibou te parle ?

— Oui.

Mazrith fronça un sourcil.

— Et ? Il te demande de me cacher des secrets ?

Je hochai lentement la tête.

— Il ne m'appartient pas de les révéler.

Mazrith réfléchit un instant.

— C'est juste. Ses secrets ne sont pas les tiens. Mais je dois te faire confiance pour me dire tout ce qui te semble important.

Je réfléchis en me mordant la langue.

— Il croit que mon destin est lié à bien plus qu'à vous, dis-je, espérant rester vague tout en étant suffisamment percutante.

Mazrith acquiesça.

— J'ai tendance à être d'accord.

Il se remit à manger, et je me forçai à détendre les muscles, à enfoncer mon corps dans le fauteuil moelleux. J'avais réussi. Je lui avais révélé mon secret, et il ne s'était rien passé de terrible. Je n'avais pas explosé en flammes, Mazrith ne m'avait pas bannie de sa Cour ni livrée aux monstres. Il s'était juste remis à manger du poulet.

Nous restâmes assis en silence pendant un certain temps, probablement une heure, et je somnolais dans mon fauteuil lorsque sa voix parvint à mes oreilles.

— Nous devons voir l'Affamé.

— Quoi ? marmonnai-je.

— L'Affamé que j'ai ramené ici comme prisonnier. Nous devons lui rendre visite.

Je clignai des yeux, me redressai et le regardai fixement.

— Non.

— Je veux voir ce qu'il fera quand il te verra.

Ma bouche s'ouvrit, ma somnolence dissipée.

— Nous n'avons pas besoin de lui rendre visite pour connaître la réponse à cette question : il essaiera de me manger ! C'est ce qu'ils font tous !

Il se leva.

— Reyna, nous devons découvrir quel est ton lien avec eux. C'est l'occasion.

— Non ! Pourquoi l'avez-vous amené ici ?

Il lâcha mon regard.

— Pour prouver aux autres faës que la menace est réelle. Mais maintenant, nous devons en profiter et en tirer des informations.

Un frisson me saisit.

— Ce n'est pas un Ancien, n'est-ce pas ?

Il n'avait pas parlé dans la cage, dans la salle de bal.

— Ceux-là ne peuvent pas parler.

— Je n'ai pas besoin de mots pour obtenir des informations, dit-il à voix basse.

Ma peau me picota.

Vous voulez entrer dans sa tête ? chuchotai-je.

— Oui.

Il se retourna vers moi.

— Et si je peux le faire en ta présence, peut-être que je pourrai découvrir ce que tu représentes pour eux.

CHAPITRE 6

MAZRITH

Reyna ne dit pas un mot alors qu'elle me suivait jusqu'aux cachots. Je ne pense même pas qu'elle essayait de se souvenir du chemin que nous empruntions à travers le palais jusqu'à la flèche qui abritait les captifs de la Cour d'Ombre. Enfin, les prisonniers que ma belle-mère ne gardait pas pour son putain de plaisir.

Lorsque nous arrivâmes à l'entrée gardée, sa peur était palpable, et Reyna faisait tout ce qu'elle pouvait pour la cacher. Mais ses jambes tremblantes et ses yeux agités la trahissaient.

Je savais que je ne pouvais pas lui faire confiance. Je savais qu'elle me tuerait probablement. Mais je détestais la voir effrayée.

C'était pourtant nécessaire. Comme trop de choses que je détestais.

Il fallait que je sache pourquoi ils la recherchaient. Je

devais savoir quel était le véritable risque pour mon peuple, jusqu'où ils iraient pour l'avoir.

Et je devais savoir quel était le risque pour Reyna.

Les bruits de la créature arrêtèrent presque ses pas alors que nous avancions dans les couloirs de pierre froids. Un gargouillis, comme si on lui avait tranché la gorge et qu'il ne pouvait plus respirer correctement. Ce qui, étant donné qu'il s'agissait d'un mort-vivant, était tout à fait possible.

Des prisonniers humains se recroquevillaient dans les coins de leurs cellules, et je m'arrêtai presque, avec un pincement au cœur à l'idée qu'ils entendaient les gémissements de la créature – jusqu'à ce que je me souvienne qu'ils étaient tous ici pour avoir enfreint les lois de la Cour. Les vraies lois, pas les conneries de la Reine. Tous les résidents de ces cellules représentaient un danger pour la sécurité des autres.

Dès que nous eûmes tourné au coin de la cellule où se trouvait l'Affamé, celui-ci fixa Reyna de son regard borgne. Il décolla du sol ses deux pattes dépareillées, s'élançant sur les barreaux. Le gargouillis humide s'amplifia, et il passa ses bras pourris entre les barreaux métalliques pour la toucher, le peu de chair qui lui restait s'accrochant aux barreaux rugueux, les os exposés s'entrechoquant.

Reyna respirait difficilement, mais tenait bon, aussi éloignée que l'espace restreint le lui permettait.

— Bien, lui dis-je à voix basse. Tu es en sécurité.

Elle ne me regarda pas, ses yeux écarquillés fixés sur la créature frénétique.

— Faites ce que vous avez à faire pour que je puisse me tirer d'ici, dit-elle en serrant les dents.

Je canalisai mes pensées dans mon bâton, et des ombres en sortirent en tourbillonnant, puis se dirigèrent vers la créature. Celle-ci s'immobilisa un instant, ayant vu suffisamment de ses congénères se faire déchiqueter par les rubans noirs pour s'en méfier.

Les vrilles s'enroulèrent autour de la tête de la chose, et je dus me concentrer pour ne pas reculer.

La mort, la chair pourrie, le désespoir et surtout la *faim*.

Une faim comme je n'en avais jamais connu – je ne savais même pas qu'il était possible de ressentir cela. Une faim dévorante. Il n'y avait pas assez de nourriture au monde pour rassasier cette créature.

Je commençai à sonder son esprit, poussant mon pouvoir réticent plus profondément.

— Avance, dis-je doucement à Reyna.

Elle respira, puis s'exécuta.

La chose s'approcha d'elle, envahie par une forte sensation de faim.

Le salut.

Je fronçai les sourcils. La fin de la faim ? Sa chair était-elle différente de celle des autres ?

Oui... La créature croyait qu'elle pouvait lui apporter de la satisfaction. La plénitude. Reyna était différente.

— Avez-vous ce qu'il vous faut ?

La voix de Reyna était serrée, et je libérai mes ombres.

Je ne lui ferais plus subir cela.

— Oui.

— Merci, Freya, allons…

Mais elle ne termina pas sa phrase. Elle se balança un instant sur ses pieds, les yeux vitreux.

Je poussai un juron, m'approchant pour la stabiliser. Sa peau était moite et froide, et elle hoqueta. Il y eut une seconde de clarté dans son expression avant que ses yeux ne se voilent à nouveau.

Elle m'avait dit qu'il y avait trois ou quatre vagues de visions.

Une perle de sueur coula sur sa tempe, et ses mains tremblèrent.

C'était moi qui avais provoqué cela. Elle n'avait pas voulu venir, et je l'avais forcée.

M'assurant de ne pas canaliser ma colère dans ma poigne sur son bras, je regardai la troisième vague la submerger, sa poitrine se soulevant au rythme de sa respiration difficile.

L'Affamé hurlait et grattait derrière les barreaux, et j'envisageai de la prendre dans mes bras et de l'emporter hors des cachots.

Ses yeux s'éclaircirent avant que je puisse le faire, se concentrant sur moi.

— S'il vous plaît, on peut partir, maintenant ?

— Tu es capable de marcher ?

— Pour sortir d'ici, je serais capable de voler, putain, souffla-t-elle d'une voix rauque.

. . .

Nous quittâmes rapidement les donjons, et ses joues reprirent de la couleur dès que nous fûmes hors de portée de voix de l'Affamé. Elle ne parla pas avant que nous ayons atteint la Suite du Serpent. Le salon était vide, et elle se dirigea immédiatement vers l'armoire à boissons.

— Qu'avez-vous découvert dans ses pensées ?

— Il te veut. Il croit que tu es différente. Que tu peux rassasier sa faim.

Ses mains tremblaient tandis qu'elle versait dans un verre ce qui ressemblait au vin d'ortie dont Frima raffolait.

— Pourquoi ?

— Je ne pense pas qu'il ait la capacité de comprendre pourquoi.

De la déception apparut sur ses traits, et elle tourna la tête vers moi.

— Donc ça n'a servi à rien.

— Non. Cela confirme qu'ils sont là pour toi.

Elle détourna le regard.

— Nous le savions déjà, dit-elle à voix basse.

— Qu'as-tu vu dans la vision ? demandai-je. Encore l'Ancienne ?

Elle ne répondit pas pendant un moment.

— Oui, mais elle ne m'a pas parlé. Et le contexte était différent.

Elle prit une longue gorgée de son verre.

— D'habitude, elle est dans une grotte, ou quelque chose comme ça, et je peux voir des silhouettes qui se déplacent et que j'ai toujours prises pour d'autres Affamés. Mais cette fois, il y avait des gens qui se battaient à l'extérieur. C'était flou. Mais j'ai vu quelqu'un attaché à un arbre. Je crois qu'ils y ont mis le feu. L'Ancienne regardait, puis elle s'est tournée vers moi, et elle a éclaté de rire.

Reyna frissonna, puis vida son verre, ses yeux se fermant.

— Je ne comprends pas pourquoi j'ai un quelconque rapport avec eux. Avec quelque chose de si...

Elle ne termina pas sa phrase. Elle ne voulait pas avouer sa terreur à haute voix, devant moi.

Si ces créatures avaient envahi son esprit toute sa vie... Sa peur de la magie mentale était logique. La terreur que je lui avais causée après l'attaque du serpent était logique.

Tous mes instincts me poussaient à traverser la pièce vers elle.

J'ouvris la bouche, prêt à lui dire que je connaissais la peur aussi intimement qu'elle.

Que je la respectais de vouloir l'affronter, alors que d'autres ne l'auraient pas fait.

Qu'elle n'aurait plus jamais peur de quoi que ce soit si j'avais mon mot à dire.

Juste à temps, je refermai la bouche et je puisai dans toutes mes forces pour rester debout.

Je savais ce qui se passerait si je la réconfortais. Si je cédais si vite à la colère et à la méfiance.

J'avais besoin de cette colère, de cette méfiance, pour

que nous gardions nos distances l'un avec l'autre, et que nous exécutions le plan que le destin avait prévu pour nous.

— Dors un peu. Il fait bientôt jour, et je dois présider au Conseil de guerre.

CHAPITRE 7

REYNA

Une main douce me tira de mon sommeil en se posant sur ma joue. Je me réveillai en sursaut, cherchant à tâtons le poignet de l'intrus, puis poussant un juron en sentant mes doigts blessés.

— Reyna, c'est moi.

— Kara.

La jeune fille apparut dans une lumière trouble quand je clignai des yeux.

— Que Freya en soit remerciée ! Tu vas bien.

Elle se pencha en avant, me serrant dans ses bras sur l'oreiller.

— Grâce à toi, paraît-il.

— Grâce à Mazrith, en fait.

Elle refusa de me lâcher, alors je restai là où j'étais, allongée dans le lit, son petit corps pressé contre moi.

— Reyna ? murmura-t-elle.

— Oui ?

— Ne le dis pas à Lhoris, mais je ne pense pas que ces faës soient si méchants.

— Je suis heureuse d'entendre ça, parce que je crois que je suis d'accord avec toi, répondis-je en chuchotant et en la serrant plus fort.

Elle me souleva le bras et regarda ma main.

— Ça a l'air douloureux.

— Oui. Mais c'était pire hier. Maz a aspiré le venin de scorpion.

— Maz ?

— Ouais, le grand méchant faë qui nous retient en captivité ?

Elle s'esclaffa.

— Je sais qui c'est. C'est juste que je ne t'avais jamais entendue l'appeler *Maz* avant.

Je fronçai les sourcils. Elle avait raison. Je ne l'avais jamais appelé ainsi auparavant.

— Hmm. Eh bien, j'ai décidé de lui faire confiance.

— C'est probablement une bonne chose.

Il m'avait fallu un certain temps, malgré ma fatigue, pour trouver le sommeil après notre visite des cachots et de l'Affamé. Il s'était écoulé des heures pendant lesquelles je m'étais dit que je ne devais pas dormir, ou je me retrouverais aussitôt dans un cauchemar. Une fois redescendue l'adrénaline d'avoir vu, et entendu, la créature de si près et eu une nouvelle vision frappante, mes pensées s'étaient fermement tournées vers Mazrith, et mon soulagement à l'idée que sa colère était passée et que je n'avais plus rien à lui cacher était plus fort que je n'aurais pu l'imaginer.

— Kara, il faut que je te dise quelque chose.

Je me redressai, la délogeant. Elle s'assit à son tour, tirant une fourrure sur ses épaules.

— Mon lit n'est pas aussi beau, dit-elle.

— C'est le lit du Prince. C'est probablement le plus beau de la Cour.

À part celui de sa belle-mère folle.

— Je tremble de me demander à quoi le sien ressemble. Bon, écoute. Hier soir, j'ai raconté au Prince des choses sur moi, des choses que seul Lhoris connaît. Et je veux que tu les saches aussi.

— Mais si la Reine...

Je levai la main.

— J'y ai pensé. Si Lhoris est au courant, elle obtiendra l'information de toute façon. Peut-être qu'elle sait déjà.

Kara secoua la tête.

— Seulement si elle l'a appris pendant que nous dormions. On ne se souvient de rien.

— J'espère qu'elle dit la vérité et qu'elle n'est pas entrée dans vos pensées. Quoi qu'il en soit, je veux que tu saches ça. Tu es plus que mon amie, tu es ma famille, et je me sens mal que tu ne saches rien.

Un battement d'ailes se fit entendre entre les poutres du plafond.

— Descends, Voror. Je crois que je te dois aussi une explication.

— J'étais présent lorsque tu l'as dit au Prince, mais je vais écouter à nouveau avant de te donner mon avis si précieux.

— Tu es trop aimable.

Je racontai tout à Kara. C'était plus facile la deuxième fois, même si les mots ne coulaient pas sans effort. Je ne savais pas si Kara le prendrait aussi bien que le Prince faë d'ombre si aguerri, mais, à mon grand soulagement, elle ne s'enfuit pas en criant quand j'eus fini. Au lieu de cela, elle me fixa avec des yeux écarquillés.

— Reyna, il a raison, tu ne peux pas être humaine, finit-elle par dire.

Je la regardai d'un air renfrogné.

— Ne sois pas ridicule. Comment pourrais-je être autre chose ?

— Tu ne sais pas qui sont tes parents.

— Regarde-moi. Je suis aussi humaine que toi.

Elle secoua la tête avec insistance.

— Je n'ai pas de visions de monstres, et je ne vois pas par les yeux des autres. C'est de la magie.

— C'est de la magie, je suis d'accord, mais ça doit venir de quelqu'un ou de quelque chose d'autre.

Je me tournai vers le hibou pour obtenir du renfort.

— Je suis moins convaincu de mon hypothèse initiale, déclara-t-il.

— Laquelle ? Et pourquoi ?

— Je ne savais pas encore que tu avais eu des visions depuis l'enfance.

— Ces visions sont différentes.

Il battit des ailes.

— La magie de l'esprit, c'est de la magie de l'esprit.

— De la magie de l'esprit ? demandai-je en le regardant fixement.

— Qu'est-ce qu'il dit ? demanda Kara.

Je répétai.

— Je pense qu'il a raison, on dirait vraiment de la magie de l'esprit, dit-elle.

— Mais seuls les faës d'ombre font ça, et il est évident que je ne suis pas une faë d'ombre.

Je tendis mon poignet.

— Regardez, j'ai une rune d'or. Que *seuls les humains orfèvres* peuvent avoir.

Ils regardèrent tous les deux la marque, puis la noire qui se trouvait à côté.

— La marque du Prince aurait-elle pu te donner de la magie ? demanda Kara, dubitative.

— Je pense qu'il en aurait parlé hier soir. Mais peut-être que je lui demanderai.

Voror hulula doucement.

— Tu as des visions de monstres depuis ton enfance. La marque n'a rien à voir avec cela.

Je soupirai et je répétai à Kara ce qu'il avait dit.

— La marque pourrait être la raison pour laquelle tu as pu espionner par les yeux des autres, si celles-ci ont seulement commencé depuis ton arrivée ici…, suggéra-t-elle.

Je fronçai le nez au mot « *espionner* », mais je ne dis rien. C'était le moyen le plus précis de différencier ces visions des autres. Mazrith m'avait-il transmis de la magie avec la marque ?

— Donc, pour savoir, les visions t'ont aidée ?

— Oui. Je ne pense pas que j'aurais gagné la dernière épreuve sans ça. Même si Rasa a été formidable.

Je fus prise d'une énorme envie d'aller rendre visite au cheval, et je sortis mes jambes du lit.

— Alors peut-être que c'est un allié magique qui te les envoie, et qu'elles n'ont aucun rapport avec les autres ?

Elle me sourit largement, soudain.

— Je suis si heureuse que tu aies gagné. J'aurais adoré te voir battre cet affreux seigneur faë d'or à la ligne d'arrivée. Est-ce que cela veut dire que tu vas avoir ta tresse ?

Je m'arrêtai pour sortir de l'armoire un pantalon, une chemise noire et ma cuirasse.

— Avec toute cette histoire, je n'avais pas vraiment pensé…

On frappa à la porte, puis on la poussa. Frima passa la tête.

— Mazrith te demande pour vos affaires secrètes, dès que tu seras prête.

Je lui fis un signe de tête, me souvenant du morceau de jade caché dans ma commode. Nous avions une statue à réparer.

Lorsque la porte fut refermée, Kara descendit du lit et s'approcha de moi.

— Je pense que tout est lié. Et quoi que vous soyez en train de faire, le Prince et toi, tu trouveras des réponses, je l'espère.

Je me mordis la joue.

— Et les Affamés ?

— Mazrith ne les laissera pas t'avoir, dit-elle avec assurance.

— Je veux dire, pourquoi ai-je un lien avec eux ? Et si cela n'avait rien à voir avec tout ce qui s'est passé depuis que nous sommes arrivés ici, à la Cour d'Ombre ?

Elle me fit un petit sourire.

— Le Prince est venu te chercher. Les Affamés te recherchent. Un hibou magique est venu te trouver, dit-elle en désignant Voror. Le destin te donnera des réponses, Reyna. Il suffit de rester en vie assez longtemps pour les entendre.

Je me penchai pour la serrer dans mes bras.

Elle avait raison. Je ne devais pas laisser les Affamés, la Reine, Lord Orm – aucun d'entre eux – me désorienter. Si Mazrith et moi trouvions le bâton de brume, nous pourrions au moins annuler sa malédiction et, je l'espère, chasser cette Reine tordue de son trône. Voilà peut-être ce qui changerait le destin d'*Yggdrasil*, ce que j'étais destinée à accomplir. Si nous redonnions à la Cour d'Ombre un chef honorable, cela pourrait avoir un impact considérable sur le monde.

— Comment quelqu'un d'aussi jeune peut-il être aussi sage ? murmurai-je dans les cheveux de Kara.

Elle me serra dans ses bras.

— De la même façon que tu es si forte, murmura-t-elle en retour.

CHAPITRE 8

REYNA

Il fallut que je puise dans la confiance de Kara en mes forces lorsque Mazrith et moi arrivâmes à la statue sous la montagne, une heure plus tard. Elle n'était pas au courant de mon tout nouveau problème de vertige, contrairement au Prince.

Il me tendit la main dès qu'il sortit du bateau et, contrairement à la dernière fois, je la pris. Je m'assis aussitôt sur la pierre pour éviter que mes jambes ne tremblent, puis je me traînai sur la pierre devant lui, sur le dos.

Je ne ressentais plus la gêne de la dernière fois, et je ne savais pas si c'était parce que Mazrith savait déjà que je ne pouvais plus traverser à pied le pont qui menait au gouffre, ou parce que j'avais moins honte de ma peur.

Une fois que nous arrivâmes à la main tendue, je me remis prudemment debout, et Voror descendit en piqué, pour se poser sur la tête d'une des statues sans visage.

J'avançai prudemment vers la statue du faë d'ombre,

avec la présence imposante de Mazrith juste derrière moi.

— Voilà.

Je sortis le morceau de jade de ma poche et me penchai vers le pommeau du bâton. Prenant une inspiration, je poussai la pierre précieuse à l'endroit où il manquait une gemme. Comme attiré par la magie, le jade se colla aussitôt au bâton. Une sonnerie aiguë retentit, et je m'éloignai de la statue. Celle-ci leva lentement son bâton, comme l'avait fait l'autre, et commença à parler.

« Corbeau croasse et serpent glisse,
    Occultés par la nuit complice.
    Rage et violence et vanité,
    Vertiges de l'insanité.
    Épées resteront au fourreau,
    Troubleraient ce lieu de repos.
    Ombres gardant ma liberté,
    Impénétrable sans la clé :
    Le divin Talisman de Thor
    Et sang royal vont à bon port. »

— Vite, écrivez-le, dis-je. J'espère que les premières lettres épelleront un mot, cette fois encore.

Avec l'aide de Voror, nous écrivîmes exactement ce que la statue avait dit.

Je fronçai les sourcils à ces mots.

— Corve…, commençai-je à lire.

Mais Mazrith parla par-dessus ma voix :

— Corvétoile.

— Qu'est-ce que c'est ?

Je levai les yeux vers lui. Son regard perçant parcourait encore les mots, mais une lumière attira mon attention.

Une rune s'élevait en flottant de l'une des statues.

Une des statues sans visage.

— Regardez !

Mazrith fit volte-face.

— Quoi ?

— Il y a une rune. Vous ne la voyez pas ?

— Non. Tu peux la lire ?

J'avançai prudemment tandis que la rune flottait devant la tête sans traits de la statue. Elle brillait d'une lueur violette, ce qui n'était pas le cas de toute autre rune que j'avais jamais vue auparavant. Et même si je ne la reconnaissais pas, je savais ce qu'elle disait.

— Pierre d'étoile ?

Mazrith laissa échapper un sifflement, et je me retournai vers lui.

— Savez-vous ce que nous sommes censés faire ?

Il acquiesça, l'air grave.

— Oui. Et c'est impossible.

Je fis la grimace.

— Tout ce qui nous arrive est impossible.

Ses yeux s'étrécirent.

— Vous voyez la première moitié de l'énigme, à propos de corbeaux et de serpents et de l'interdiction de se battre ? demanda-t-il en pointant du doigt.

— Oui.

— Cela parle d'une île appelée *Corvétoile*. Un lieu de culte paisible, réservé à la famille royale de la Cour d'Ombre.

— Oh. Étant donné que vous faites partie de la famille royale, en quoi cela pose-t-il un problème ?

On ne peut y accéder qu'avec une amulette que les dieux eux-mêmes ont accordée à ma famille, et que nous nous sommes transmise de génération en génération.

Il pointa à nouveau du doigt.

— Le talisman de Thor.

Je scrutai les lacets et leurs amulettes accrochés à son cou, perdant de ma résolution optimiste.

— J'imagine que ce n'est pas l'une de celles-ci.

— Non. Elle a été perdue avec mon père.

— Oh.

Je me mordillai la lèvre.

— On peut sûrement aller sur l'île d'une autre façon ? On ne peut pas prendre un bateau ?

Il me regarda longuement, puis soupira.

— Suis-moi.

— Si seulement on avait un de ces cubes magiques au palais, haletai-je.

Nous avions grimpé plus d'escaliers que je n'aurais pu compter dans ce palais. Quand j'avais aperçu l'extérieur, j'avais vu plusieurs paires de tours reliées par des ponts filiformes, les flèches centrales s'élevant bien plus haut que les autres. J'avais trouvé que les cachots étaient très haut, mais j'étais sûre que nous nous trouvions dans l'une des tours centrales, maintenant.

— Ne parle pas de cela quand d'autres pourraient t'entendre, dit le Prince devant moi.

Je levai les yeux au ciel dans son dos.

— Il n'y a personne ici. Et je le comprends. À quelle hauteur sommes-nous ?

— Presque au sommet.

— Dans quelle tour se trouvent vos appartements ?

— L'aile ouest du palais m'appartient. Elle comprend les deux tours adjacentes.

— Vous avez une aile entière ?

— Oui.

— Pourquoi seule la Suite du Serpent est-elle différente du reste du palais ? Je me suis dit que tout ce qui avait été peint dans cette horrible couleur de sang séché appartenait à votre belle-mère.

— J'ai eu mieux à faire que de repeindre des murs, marmonna-t-il.

Je haussai les épaules. C'était une bonne réponse.

L'escalier s'étrécissait au fur et à mesure que nous montions, et nous progressions maintenant dans un colimaçon étroit. Cela faisait une éternité que je n'avais pas vu de palier ou de porte.

Les murs étaient toujours de la même couleur détestable.

Les escaliers finirent par s'arrêter. Une porte de pierre solitaire se dressait au sommet, sans aucune décoration ni indication de son importance.

Mazrith l'ouvrit, et la brise fraiche de la Cour d'Ombre me balaya. J'inspirai une bouffée d'air agréable. Lorsque je suivis Mazrith par la porte, je relâchai mon souffle, cette fois. Dans un hoquet admiratif.

Nous avions débouché sur un pont reliant les deux flèches, et la vue était époustouflante.

Nous étions si haut qu'il n'y avait autour de nous qu'un vaste manteau de ciel sombre piqueté d'innombrables étoiles. Elles scintillaient partout dans la pénombre, étincelantes et lumineuses, telle une promesse dans l'obscurité.

Mazrith commença à traverser le pont, et je le suivis lentement, me forçant à regarder la montagne en contre-bas, ainsi qu'autour de moi. Au-delà des murs du palais, aussi loin que je pouvais voir, sur le flanc de la montagne, un brouillard de forêts et de villes disparaissait derrière des ombres mouvantes et des lumières dansantes. Mon regard s'arrêta sur l'épaisse forêt au pied de la montagne, à peine perceptible depuis cette hauteur.

Les Affamés étaient-ils là, en bas, en cet instant même, à me regarder, eux aussi ?

À mi-chemin du pont, Mazrith s'arrêta. Je me penchai timidement par-dessus la balustrade, à la recherche d'une île au milieu de l'eau. N'en voyant aucune, je passai de l'autre côté.

— On peut voir toute la montagne d'ici, murmurai-je en scrutant la vue. Mais je ne vois aucune île. Elle est cachée par votre magie d'ombre ?

Des portes et des grottes de toutes sortes demeuraient invisibles dans cette Cour tant que les ombres de Mazrith ne les avaient pas révélées.

— Elle n'est ni cachée ni en contrebas.

Je me tournai vers lui, clignant lentement des yeux.

— Quoi ?

Il s'approcha de la balustrade, puis pointa du doigt. *Vers le haut.*

Je suivis son bras tendu.

— Je ne vois rien.

— Tu dois savoir ce que tu cherches. Et le plus simple, c'est que je te le montre.

Je croisai son regard.

— Vous voulez entrer dans ma tête.

— Je veux te projeter une image. Comme quand je te parle dans ta tête. Comme le fait ton hibou.

Je serrai la mâchoire, puis j'acquiesçai.

— D'accord.

Une lueur que je pris pour de la surprise passa dans ses yeux, mais il me répondit par un hochement de tête sec.

Une image s'illumina dans ma tête, comme lorsqu'Orm m'avait envoyé des visions. Ce n'était pas du tout comme quand je voyais des Affamés : je ne sentais pas que mes sens, ou aucune partie de moi, voyageaient ailleurs. C'était comme si je voyais une image dans mon esprit.

C'étaient des étoiles, mais elles semblaient différentes, d'une manière ou d'une autre. Elles étaient plus solides et formaient une série de points étincelants qui se rejoignaient pour former... *quelque chose.*

— Fais attention à la position des étoiles les plus brillantes. Elles dessinent une forme de...

— De couronne, soufflai-je, voyant la constellation de mes propres yeux.

— Oui.

L'image s'estompa, et je relevai la tête, à la recherche du même dessin.

À la seconde où je les vis, les étoiles semblèrent changer. La lumière dansa sur cette portion de ciel vide, et en quelques instants, je pus distinguer une île. Flottant au milieu du ciel, faite uniquement d'étoiles, avec un bâtiment petit, mais impressionnant qui scintillait à son sommet.

— Comment est-ce possible ? Elle n'a même pas l'air solide.

— C'est une illusion. Elle est aussi solide que la pierre sur laquelle nous nous trouvons maintenant, quand on s'en approche.

— Et comment on s'en approche ?

— L'amulette active un pont. Qui part d'ici.

Il tapa de la main sur la balustrade, et je remarquai une petite sculpture représentant un serpent coiffé d'une couronne. Je ne l'aurais jamais remarquée, la sculpture étant trop peu marquée pour capter la lumière.

Je me retournai vers l'île, incapable de la quitter des yeux alors qu'elle apparaissait et disparaissait en scintillant, me faisant douter à tout moment de sa véritable existence.

Je voulais y aller. Une sensation de nostalgie m'envahit, si forte que je me demandai si cela venait de la magie des lieux.

— Il doit y avoir un autre moyen d'activer le pont. Vos ancêtres ne se seraient pas contentés d'un seul moyen de transport, n'est-ce pas? Et si l'amulette avait été endommagée ou perdue?

— Elle *est* perdue, grogna Mazrith.

Je le regardai de côté.

— Y a-t-il un moyen de la retrouver? demandai-je timidement, consciente qu'il était susceptible dès qu'on parlait de ses parents.

À ma grande surprise, il ne se crispa pas et ne se renfrogna pas. Il soupira et s'appuya d'un bras sur la balustrade, regardant la sculpture du serpent.

— Pour retrouver l'amulette, il faudrait que je retrouve mon père. Et je préférerais qu'il reste là où il est.

Je le regardai fixement. Il était en train de se confier. *À propos de ses parents.*

— Vous ne savez pas où il est?

Mazrith leva les yeux vers moi.

— Qu'est-ce qui se raconte dans les autres cours à propos de ce qui lui est arrivé?

— Qu'il est mort au combat.

— Contre qui?

— Cela varie.

— Ma mère est morte il y a presque cinq ans. Ma belle-mère s'est assise sur son trône quelques mois plus tard. Presque à la semaine près, un an plus tard, mon père a disparu. La nouvelle Reine a annoncé à la cour qu'il avait décidé de partir à la recherche des dieux, pour découvrir pourquoi ils nous avaient abandonnés il y a tant d'années. Pour prouver qu'il l'avait désignée pour diriger sa Cour en son absence, elle a brandi son bâton.

— Le bâton de brume.

Mazrith acquiesça.

— Oui. On peut prendre le bâton d'un faë sur son cadavre, ou le recevoir librement en cadeau. Mais on ne peut jamais le lui voler. Je suis certain qu'une runée le sait.

— Oui, acquiesçai-je. La Cour l'a donc crue ?

— Même s'ils ne l'ont pas crue, ils n'avaient pas d'autre choix que de lui obéir. Elle a répandu la rumeur dans toutes les autres cours qu'il était tombé au combat dans une bataille courageuse et honorable, en disant à la Cour d'Ombre que quand il reviendrait, probablement en tant que dieu lui-même, ce serait plus impressionnant aux yeux des autres cours d'*Yggdrasil* s'ils le prenaient pour un glorieux guerrier ramené d'entre les morts.

— Vous pensez qu'elle l'a tué.

— Bien sûr, dit-il en lâchant mon regard pour reposer le sien sur le serpent. J'espère qu'elle l'a tué.

Mes sourcils se haussèrent.

— Vous n'aimiez pas votre père.

— Les mots ne sont pas assez forts. Il était... peu aimable avec ma mère.

— Et vous l'aimiez.

Je le savais grâce à ma vision.

— Beaucoup.

Il soupira, puis releva les yeux vers moi, de l'émotion tourbillonnant dans son regard.

— La Reine est peut-être sadique et folle, mais elle est plus facile à gérer que le regard constant de mon père. Ma mère a essayé de m'aider, mais après sa mort, je n'ai pas pu poursuivre ses efforts tant que le Roi vivait. J'ai profité de sa disparition inattendue, et bienvenue, pour faire ce que ma mère avait prévu. Partir à ta recherche.

J'humectai mes lèvres sèches.

— Je suis désolée.

Il fronça les sourcils.

— Pour quoi ? Sa mort ? J'aurais aimé le tuer moi-même.

— Non. Que vous ayez perdu votre mère. Je n'ai pas de parents, mais je sais ce que je ressentirais s'il arrivait quelque chose à Lhoris.

Quelque chose qui aurait pu être de la douleur passa sur son visage.

— Je n'ai pas de regrets. Mais sache que si j'avais pu te faire obéir sans le menacer de mort, je l'aurais fait.

Les mots étaient doux et sincères, et l'émotion me chauffa les joues.

Mais il l'aurait tué. Je le savais.

Ce que le destin avait écrit pour nous était plus grand que Lhoris, plus grand que la mère de Mazrith, et peut-être même plus grand que nous deux.

Mazrith n'avait pas eu d'autre choix que de me pousser à lui obéir. Et il n'avait pas eu d'autre choix que de me sauver de sa belle-mère, coûte que coûte. Je jetai un coup d'œil à la rune noire sur mon poignet, qui me liait à mon ravisseur.

Aurais-je fait de même ?

— Je vous crois, soufflai-je, fixant toujours la rune.

Il me toucha la joue, et je sursautai, levant les yeux vers lui.

— Nous irons jusqu'au bout. Et j'aimerais que nous nous fassions confiance l'un à l'autre.

J'acquiesçai, ravalant mes émotions. Il lâcha sa main lentement. À contrecœur ?

— Oui, dis-je en hochant la tête plus vigoureusement. Il faut qu'on aille sur l'île pour récupérer la pierre d'étoile. Et si on ne peut pas compter sur l'amulette de votre père, alors il doit y avoir quelque chose d'autre qui peut nous y conduire.

Mazrith fixa l'île pendant un long moment, puis me regarda à nouveau.

— Peut-être que tu as raison.

— Il faut que j'aie raison. Ou c'est la fin.

Des ombres tourbillonnèrent dans ses iris.

— Nous trouverons un autre moyen.

CHAPITRE 9

REYNA

Convaincus tous deux que de la nourriture nous aiderait à réfléchir, nous retournâmes à la Suite du Serpent. Lorsque nous arrivâmes aux appartements du Prince, un garde royal l'attendait.

— Mon Prince, dit le faë en inclinant la tête, avant de tendre à Mazrith un morceau de papier enroulé.

Mazrith le salua d'un signe de tête, et nous entrâmes dans ses appartements. Il alla aussitôt dans la salle de guerre, où Brynja disposait des plateaux de tourtes. Frima, Svangrior et Ellisar étaient assis d'un côté de la grande table, et Lhoris et Kara de l'autre. Kara semblait nettement plus à l'aise que Lhoris à l'idée de déjeuner avec les fidèles guerriers du Prince faë d'ombre.

— Maz, dit Frima en guise de salut, en engloutissant un gros morceau de tourte à la viande dans sa bouche.

Il brandit le parchemin.

— Nous avons un message.

Tout le monde s'interrompit pour le regarder. Je m'assis sur la chaise vacante la plus proche et tirai lentement une part de tarte vers moi pendant qu'il commençait à lire le parchemin à haute voix.

— Membres de ma Cour d'Ombre et visiteurs faës, soyez rassurés que la puissance de cette Cour a permis d'éliminer les créatures contre nature qui ont franchi nos frontières ces dernières nuits.

Svangrior poussa un grognement d'interruption.

— Elle veut dire que *nous* les avons empêchés d'aller plus loin et qu'elle est restée assise à se tourner les pouces, pendant qu'elle envoyait des combattants médiocres pour corroborer votre histoire au lieu de toute la garde royale.

Mazrith haussa un sourcil, puis poursuivit.

— Il a été décidé à l'unanimité que les invasions de morts-vivants ne devaient pas interrompre ce *Leikmot* sans précédent. C'est pourquoi la prochaine étape du festival de jeux se tiendra à la Cour de Glace dans deux jours.

Tout le monde s'entreregarda.

— Deux jours, ce n'est pas beaucoup. Pensez-vous qu'il n'y aura plus d'Affamés dans la rivière-racine ?

— Ce sera un voyage dangereux.

— J'imagine que les faës de glace partent maintenant, mais les autres voyageront en flotte. Les Affamés n'auront aucune chance.

Je n'écoutais qu'à moitié le bavardage des guerriers.

Nous allions à la Cour de Glace.

Pendant les nombreuses années où j'avais prévu d'échapper à mes maîtres et de vivre dans la clandestinité, je m'étais fait toutes sortes d'idées sur les autres cours, sur les secrets et les merveilles qu'elles pouvaient abriter.

Et maintenant, j'allais visiter la Cour de Glace, pour de vrai.

Une excitation pleine d'appréhension me noua le ventre, et je mangeai quelques parts de tourte supplémentaires pour le calmer.

— Il y a autre chose ? demanda Frima en faisant un geste vers le parchemin.

— Oui.

Mazrith se racla la gorge et poursuivit sa lecture :

— Pour célébrer le début des épreuves du *Leikmot* à la Cour de Glace, un bal masqué aura lieu à notre arrivée, qui sera suivi de la première épreuve à l'aube. Signé : la Reine Andask.

— Vous êtes obsédés par les fêtes, grommelai-je dans ma tarte.

Mais personne ne m'entendit.

— Il faudra être très prudent lors de notre visite à la Cour de Glace, dit Svangrior en ramassant des carottes dans sa cuillère.

— Je suis d'accord. Vous avez vu le venin dans les yeux de Lady Kaldar ? On croirait qu'elle a été giflée par un putain de maquereau, dit Ellisar.

Il n'avait pas tort. La haine que j'avais ressentie à chaque fois que j'avais vu à travers les yeux de la faë de glace était intense.

— Je ne pense pas qu'il faille s'inquiéter à propos de Lady Kaldar, dit Mazrith. C'est Orm qui me préoccupe.

— Vous avez vu le regard que la Reine et Orm ont échangé lorsque vous avez ramené l'Affamé ? dis-je.

Frima acquiesça.

— Ils discutent en secret, j'en suis sûre. Mais même eux n'auraient pas pu orchestrer une attaque des Affamés.

Je regardai ma tarte. Ils ne savaient pas que les Affamés avaient attaqué pour arriver jusqu'à moi, et cela n'avait rien à voir avec la Reine.

À mon grand soulagement, la conversation s'orienta rapidement vers le type de jeux que les faës de glace pourraient imaginer.

Mazrith s'assit sur la chaise à côté de moi et remplit son assiette.

— Espérons qu'il faudra chevaucher, dit-il à voix basse.

Je souris.

— J'aurais de la chance. Mais j'aimerais rendre visite à Rasa avant notre départ, si nous avons le temps ?

Il acquiesça.

— Nous partirons demain. Aujourd'hui, je dois organiser mon armée et m'assurer que tout est fait à la frontière selon mes instructions. Les rivières-racines doivent être sûres pour les voyageurs.

J'acquiesçai, réalisant que je savais exactement comment je voulais passer le reste de la journée. Je me levai de ma chaise et me dirigeai vers l'endroit où Frima lançait des insultes colorées à Svangrior.

Elle s'arrêta quand je la rejoignis et haussa les sourcils.

— Reyna.

— Frima.

Je fléchis les doigts, puis posai une main sur le bâton à ma hanche.

— Êtes-vous, euh, occupée cet après-midi ?

Elle haussa un sourcil.

— Nous sommes en guerre.

— Oh.

— Mais mon chef *heimskr* a décidé que nous étions tous confinés au palais. Apparemment, nous sommes plus utiles ici.

Elle jeta à Mazrith un regard renfrogné, puis se tourna vers moi.

— Quelle est ton idée ?

Elle baissa les yeux vers mon bâton, et je réalisai qu'elle savait déjà ce que je voulais. Mais elle allait m'obliger à lui poser la question.

— Est-ce qu'on pourrait encore un peu s'entraîner ?

— Seulement si tu mets de la peinture de guerre.

— Marché conclu.

— Tu n'en auras pas besoin aujourd'hui, dit Frima en pointant du doigt le bâton que je venais de sortir de son fourreau.

Je fronçai les sourcils.

Nous étions dans la salle d'entraînement. J'avais mis de la peinture de guerre bleue, et j'étais prête.

— Quoi ? Pourquoi n'en aurais-je pas besoin ?

— Tu sais chevaucher, Reyna. Tu as ça en toi. Et il y a une compétence que tu peux apprendre qui ferait toute la différence sur un cheval.

— Le tir à l'arc ! m'exclamai-je, envahie par l'excitation.

Elle acquiesça.

— Si tu apprends à tirer des flèches, tu pourras faire beaucoup plus de dégâts qu'en frappant tes ennemis avec ta brindille.

Je touchai mon bâton d'un air défensif, et elle rit.

— Je ne dis pas qu'il *ne faut pas* frapper ses ennemis. Mais une autre compétence pourrait s'avérer utile.

— Il pourrait y avoir du tir à l'arc à l'une des épreuves, me dis-je.

— Une autre bonne raison d'apprendre. Tu auras besoin de ça pour l'entraînement d'aujourd'hui.

Elle me tend une paire de gants en cuir noir.

— Ils sont enchantés, donc cela devrait protéger les plaies que tu as aux mains.

— Comment ? dis-je en les lui prenant.

— Ce sont des gants fabriqués par les nains. Super costauds.

Elle marqua une pause, plissant les yeux.

— Ma mère me les a données, alors fais attention.

— Ce sont les vôtres ? Merci.

— Hm.

Elle disposa une série de cibles à l'extrémité de la

pièce et me montra comment tenir l'arc correctement. Je fus surprise par la légèreté de l'arme. Frima me montra comment encocher la flèche, et mon bras me fit mal lorsque je tirai sur la corde tendue, puis elle me tapota les membres pour ajuster ma position.

Je décochai la flèche sur son ordre, et je ratai complètement la cible.

— Encore une fois, dit Frima, avant que je ne puisse émettre un soupir de contrariété ou de déception.

Je tirai une nouvelle flèche du carquois posé par terre à côté de moi, l'encochai et visai. De nouveau, Frima me fit bouger, levant mon coude, abaissant mon menton, tournant mes hanches. Mes muscles tremblaient tandis que je maintenais la position, attendant son ordre.

— Allez.

Je décochai la flèche, et il y eut un bruit sourd et satisfaisant lorsqu'elle atteignit la cible.

Un cri de satisfaction s'échappa de mes lèvres, et Frima pouffa.

— Tu l'as à peine touchée.

Elle avait raison : j'étais à deux doigts de rater.

— Mais je l'ai touchée, lui dis-je en souriant.

— Encore une fois. Cette fois, essaie de prendre cette position sans mon aide.

Je ratai encore quelques tirs, mais grâce aux conseils de Frima, je fis atterrir rapidement une autre flèche dans la cible.

Plus nous nous entraînions, moins j'avais de mal à trouver la bonne position, et plus mes flèches se rapprochaient du centre.

— Quand tu n'auras pas de mal à toucher la cible depuis cette position, on s'entraînera à tirer sur quelque chose qui bouge.

— Génial, marmonnai-je, un œil fermé tandis que je visais.

Si j'allais devoir faire la même chose à cheval, je n'aurais pas le temps ou la stabilité nécessaire pour ajuster parfaitement ma position.

Je lâchai la flèche, qui atterrit à un centimètre du centre de la cible.

— Bien. Ton bras te fait mal ?

Je lui jetai un regard tout en baissant l'arc.

— Ça fait mal depuis le premier essai.

— J'oublie à quel point les êtres humains sont fragiles, déclara-t-elle.

— Si seulement j'oubliais aussi.

Au moins, Frima était d'accord pour dire que j'étais humaine. Mais peut-être pas si elle était au courant de mes visions.

— Tu veux arrêter ?

— Non, répondis-je en secouant la tête. J'aurai juste besoin d'un grand verre d'hydromel pour le dîner.

Elle s'avança vers moi et me donna une tape dans le dos.

— Bonne réponse. Cette fois, je vais déplacer la cible.

Nous nous entraînâmes jusqu'à ce que je puisse à peine tenir le bras en l'air assez longtemps pour tirer sur la corde. J'étais maintenant capable d'atteindre la plupart des cibles mobiles, et j'avais appris à mettre mes jambes dans des positions légèrement différentes tout en gardant le haut du corps à l'angle voulu pour viser juste. Lorsque nous rentrâmes à la Suite du Serpent, il était tard, et Frima ne perdit pas de temps pour me servir le verre d'hydromel promis.

— Vous en prenez un ? lui demandai-je, surprise d'être déçue qu'elle ne se soit pas servi un verre.

— Non. Je dois aller rejoindre Svangrior et Maz. Tu as bien travaillé aujourd'hui.

— Merci. De m'avoir aidée.

Elle sourit.

— Prouve-le dans le *Leikmot*.

J'acquiesçai.

— Je ferai de mon mieux.

— Je sais. Et même plus que ça.

Je pris un long bain après avoir mangé, laissant l'eau chaude masser mes muscles endoloris. Mes blessures aux mains avaient guéri rapidement, mais même avec les gants de Frima, elles étaient devenues douloureuses depuis que j'avais tiré à l'arc.

On frappa à ma porte au moment où je me glissais sous les couvertures, et je me figeai. Et si c'était Mazrith ?

Quelque chose d'indéniable en moi *voulait* que ce soit Mazrith.

Je toussai un « entrez ! ».

Brynja poussa la porte. Mon corps dégonfla un peu, et je me forçai à sourire.

— Madame. On m'a demandé de vous donner ceci.

Elle entra et me tendit un livre. Un morceau de papier dépassait du haut.

— Qui ?

— Le Prince.

Elle me souhaita la bonne nuit et partit, et j'ouvris le livre à la feuille de papier.

— Je pense que nous pourrons trouver quelque chose qui nous aidera à la bibliothèque demain matin. Soyez prête à l'aube. Mazrith.

Je poussai le papier sur le côté et vis que la page marquée était consacrée à la fonte des talismans magiques. En inclinant le livre, je vérifiai la couverture. *Métaux enchantés et magiques d'Yggdrasil : un guide de terrain.*

Mazrith pensait-il que nous pouvions fabriquer un nouveau talisman ?

J'allais le découvrir à l'aube.

CHAPITRE 10
REYNA

En sortant de ma chambre le lendemain à l'aube, je fus surpris de trouver Tait dans le grand fauteuil devant le feu de cheminée.

— Bonjour, Tait.

Le filombre leva les yeux de son livre et sourit.

— Bonjour, Reyna. Tu attendais le Prince, sans doute.

Je levai mon livre.

— Tu en as un aussi ?

— En effet. Le Prince m'a envoyé te chercher. Il est déjà à la bibliothèque.

Je sortis avec lui de la Suite du Serpent, et nous prîmes la direction opposée à celle du couloir.

— Je suppose que Mazrith t'a dit tout ce que nous avons appris ?

Il ne l'aurait pas invité à la bibliothèque dans le cas contraire.

Tait acquiesça.

— Oui, oui. Très intéressant, tout ça. J'ai simplement

du mal à imaginer à quand remonte cette piste que nous suivons.

Il ralentit le pas pour me regarder par-dessus ses lunettes.

— Tu ne sais vraiment pas qui sont tes parents ?

Il est impossible qu'elle soit humaine.

J'érigeai mes défenses lorsque ces mots me revinrent en mémoire.

— Non. Mais je suis sûre qu'ils étaient humains.

— Pourquoi ?

J'ouvris la bouche, mais je n'avais rien à rétorquer. En réalité, je n'avais absolument aucune preuve que mes parents étaient humains.

Le doute me rongeait. Tout ce que j'avais vraiment, c'était la certitude profonde que je n'étais pas une faë.

— Nous le saurons bien assez tôt, si nous parvenons à vous faire monter tous les deux à Corvétoile, dit-il joyeusement.

— Tu ne devrais pas parler de ça dans les couloirs, dis-je, sans même me rendre compte que j'avais répété la réprimande que j'avais si souvent reçue.

Tait me fit un sourire en coin.

— Tu as tout à fait raison, bien sûr. Surtout avec d'autres faës dans le palais. Honnêtement, je n'aurais jamais cru que ce jour viendrait. Ils m'ont nettoyé.

— Nettoyé ?

— J'ai dépensé toutes mes économies, puis j'ai fait du troc, en échange de ce qu'ils ont apporté avec eux.

— Qui a apporté quoi ?

— Les faës de glace et les faës de terre ! Oh, pouvoir

leur parler et voir leurs biens, quelle merveille ! En temps normal, je dois dénicher les faës là où ils se cachent dans cette cour, et ils n'apportent pas grand-chose de chez eux, car cela les trahirait. Mais ces visiteurs ont apporté toutes sortes de choses que nous n'avons pas à la Cour d'Ombre.

Son enthousiasme était contagieux, et je ne pus m'empêcher de l'imaginer en train d'échanger tout ce qu'il possédait contre un bâton qu'un faë de terre lui aurait dit être spécial.

— J'espère que tu n'as eu que des bons trucs, lui dis-je.

— Je ne suis pas dupe, dit-il sérieusement.

— Pourquoi est-ce que tu t'intéresses tant aux choses des autres cours ?

— Pas toi ?

J'inclinai la tête pour concéder qu'il n'avait pas tort.

— J'imagine. Un peu.

Oui. Toute ma vie, j'avais été curieuse de connaître les autres Cours.

— Mazrith n'est pas comme son père. Il me permet d'explorer le fonctionnement de la magie des autres, sans crainte ni ressentiment.

— Que penses-tu qu'il soit arrivé à son père ? demandai-je, saisissant l'occasion d'en parler.

Nous descendions un petit escalier droit dont les murs étaient recouverts de tapisseries sanglantes.

— Je pense que la Reine l'a tué.

— Le reste de la cour pense-t-il la même chose ?

— Oh, je n'en ai aucune idée. J'ai tendance à rester

loin du palais. Les exigences de la Reine à l'égard des *filombres* sont souvent préjudiciables à leur santé. Et, de fait, à leur vie.

Il me gratifia d'un sourire et d'un haussement d'épaules, puis frappa dans ses mains lorsque nous arrivâmes à un palier.

— Nous y voilà.

De grandes portes en bois recouvertes de gravures représentant des livres s'ouvrirent lorsqu'il les poussa, et nous entrâmes dans la bibliothèque.

— Ouah.

Des piliers en chêne massif soutenaient un plafond voûté en bois, sculpté d'images d'*Yggdrasil*. Des appliques en bronze portaient des torches, remplissant la salle de la chaude lueur des flammes vacillantes.

Sous une galerie, de solides bibliothèques s'élevaient sur deux étages, remplies de tomes reliés en cuir et de parchemins anciens, chaque extrémité protégée par un serpent sculpté, qui se faufilait le long du pilier. Des allées étroites s'étendaient entre elles comme un labyrinthe, disparaissant dans la pénombre.

D'immenses fenêtres encadrées de bois bordaient un mur, leurs vitres délimitées par de gros nœuds en fer, et des tapisseries entre elles montraient des personnages accomplissant de grands actes de bravoure.

Un énorme brasero éteint se trouvait au milieu, rempli de la même huile que celle que j'avais vue dans celui des cavernes. Des bancs et des tables étaient disséminés dans l'espace caverneux, mais tous étaient vides.

— Où est Mazrith?

— Qui sait ? Je vais d'abord à la section historique, pour me renseigner à propos de l'île.

Il s'éloigna, et je regardai autour de moi dans l'espace caverneux.

Après que j'eus marché quelques instants, j'étais déjà perdue. Je ne savais pas du tout comment retourner aux portes ni où se trouvaient les livres d'histoire.

— Mazrith ? appelai-je doucement.

Personne ne répondit. Je suivis les rayons sans but précis, parcourant les titres au fur et à mesure. Rien ne me semblait utile.

Un sentiment étrange m'envahit lorsque je tournai à un coin dans un rayon d'étagères. Une sensation de chaleur. Un sentiment curieux.

Je continuai à avancer, attirée par quelque chose de proche. Quelque chose d'important, qui avait le pouvoir de me changer...

Il était là. Un livre, posé sur une étagère entre deux autres. Il n'avait rien de remarquable. Mais j'étais sûre que c'était un leurre. Je le *sentais*. Je tendis la main, penchant la tête, essayant de contrôler mon excitation. Ce livre allait changer ma vie. Je le savais.

— Arrête.

La voix de Mazrith me parvint en même temps que ses ombres se précipitaient devant moi, arrachant le livre de mes doigts tendus.

— Eh ! Je voulais lire ça ! protestai-je.

Mais au fur et à mesure que le livre s'éloignait, l'excitation désespérée que j'avais ressentie s'estompait.

Je clignai des yeux en direction de Mazrith.

— Il est maudit.

— Le livre ?

— Oui.

— Que se serait-il passé si je l'avais ouvert ?

— Rien d'agréable.

— Cela m'aurait-il tué ?

Maerith émit un petit rire inhabituel.

— Non. Mais tu aurais passé le bal de glace dans la salle de bain. Sur les toilettes.

Je fis la grimace.

— Alors, merci.

— Je t'en prie. Cherche des livres sur la fabrication d'amulettes magiques ou sur l'architecture de la Cour d'Ombre. S'il n'y a pas d'autre moyen d'accéder à l'île, nous serons peut-être obligés d'essayer de recréer le talisman.

— Ah oui. Où cherchons-nous en premier ?

— J'ai déjà vérifié aux rayons les plus évidents.

Je regardai tout autour de moi l'immense espace.

— Rien ici ne me semble évident. Je suppose que ça le serait pour Kara. Elle deviendrait folle, ici.

— Eh bien, si tu trouves quelque chose qui nous aide, tu peux l'amener ici.

— Vraiment ?

Il eut l'air surpris par mon excitation.

— Est-ce que tu vas bien te tenir ?

Je levai les yeux au ciel, et ses lèvres esquissèrent presque un sourire.

— Tu as raison : tu ne sais pas te tenir, et rien ne t'y

obligerait. Mais oui. D'accord. Si tu trouves ce dont nous avons besoin, amène-la ici.

— Vous laisseriez une *orfèvre* lire tout ce qu'il y a dans la bibliothèque de la Cour d'Ombre ?

— Je suis fiancée à une *orfèvre*, murmura-t-il en se détournant. Qu'importe qu'il y en ait une dans ma bibliothèque ?

Nous feuilletâmes des livres pendant des heures. Je restai près de Mazrith après l'incident à propos du livre qui donnait la diarrhée, et je me retrouvai à l'observer autant que les volumes.

Lorsqu'il trouvait quelque chose qui l'intéressait, il changeait, son attitude bourrue se transformant en quelque chose de calme et de digne. Ses yeux brillants parcouraient rapidement les pages, en serrant sa puissante mâchoire au fur et à mesure qu'il lisait.

Chaque fois qu'il disparaissait dans une nouvelle rangée d'étagères, je me précipitais dans la rangée opposée, l'observant par les interstices.

— Je sais ce que tu es en train de faire, dit-il, alors que je pensais qu'il était plongé dans les pages de son livre.

Je rougis.

— Je cherche des livres utiles.

— C'est moi que tu cherches.

Mon rougissement s'accentua.

— Ne faites pas l'*heimskr*, murmurai-je en attrapant le livre le plus proche et en faisant semblant de le lire.

— C'est un livre sur la fertilité des sols.

— Comment le savez-vous depuis l'autre côté des étagères ?

Il apparut au bout de la rangée quelques instants plus tard.

— Par magie. Ou peut-être juste ma bonne vue.

— Hmm. De quoi parle votre livre ? demandai-je en montrant le sien, essayant de changer de sujet. Quelque chose d'utile ?

— Peut-être, mais pas pour aller sur l'île.

Il le brandit pour que je puisse en voir la couverture. *Les bâtons de vald et leurs origines.*

Cela piqua mon intérêt aussitôt, et cette fois, ce n'était pas à cause d'un sortilège. J'attrapai le livre en laissant tomber celui à propos des sols, et je fis un pas en avant.

— Y a-t-il quelque chose sur les bâtons de brume ?

— Oui. Plus que ce que ma mère m'a dit.

Il fit une pause, puis me tendit le livre.

— Lis le plus tard. Maintenant, nous devons continuer à chercher quelque chose qui nous aidera avec le talisman ou *Corvétoile*. Nous manquons de temps. Nous partons pour la Cour de Glace demain.

Sa malédiction et l'attaque des Affamés pesaient également sur nous.

— Bien sûr.

Je pris le livre et le glissai sous un bras.

— Tu veux toujours aller aux écuries ?

— Oui, dis-je en hochant vigoureusement la tête. Beaucoup.

—Bien.

Il marqua une pause, ses yeux semblant chercher les miens.

— Le bal de la Cour de Glace pourrait être une opportunité pour nous.

— Que voulez-vous dire ?

— Il y a une sorte de pacte entre Orm et la Reine, j'en suis sûr. Nous devrions profiter de l'événement pour essayer d'obtenir des informations de tous ceux à qui nous pourrons parler. Et je crois que le Lord faë de terre te déteste beaucoup moins que les autres.

— Dakkar n'est pas cruel, mais je ne sais pas s'il m'aime vraiment, dis-je.

— Essaie d'obtenir de lui ce que tu peux sur les raisons de sa présence ici, et sur ce que la Reine lui a proposé en échange. Évite autant que possible ma belle-mère. Je m'occuperai d'elle et d'Orm.

— Ça me va. J'aimerais ne plus jamais revoir la Reine, marmonnai-je.

— Frima te fait faire une nouvelle robe, adaptée à la Cour de Glace.

Je levai les yeux au ciel.

— Encore des robes.

—Tu n'aimes pas les robes ?

Je penchai la tête.

—Vous semblez régulièrement oublier qui je suis.

—Tu ne sais pas toi-même qui tu es.

Les mots me heurtèrent en plein cœur, et je le

regardai fixement en cherchant quoi répondre. Comme je ne parlais pas, il ajouta :

— Au sens propre comme au sens figuré.

— Je suis Reyna Thorvald, une orfèvre humaine, dis-je, un peu trop fort. Je n'aime pas les robes, les bals ou les *faës*.

Je prononçai les derniers mots lentement et encore plus fort, en le regardant fixement.

— Est-ce que c'est ce que tu veux être ?

Je fronçai les sourcils.

— Qu'est-ce que ça veut dire ?

Il fit un pas en avant, se rapprochant de moi, de sorte que je dus lever les yeux vers lui.

— Si tu pouvais être n'importe quoi, que serais-tu ? Une cavalière ? Une guerrière ?

J'ouvris et refermai la bouche maladroitement. Que serais-je si je pouvais être n'importe quoi ?

Libre.

En dehors de cela, je n'en avais aucune idée. Mais je savais ce que je ne voulais pas être.

— Je n'y avais jamais réfléchi, mais je sais que je ne veux pas être une faë, dis-je fermement.

Ses yeux s'étrécirent brièvement, et il déplaça ses tresses derrière son oreille, montrant délibérément sa forme pointue.

— Reyna, tu fais de la magie. Que tu le veuilles ou non.

— Je fais de la magie ?

L'expression me fit tiquer.

— Attendez. Est-ce que je peux faire de la magie *sans*

être une faë?

De l'espoir surgit en moi, et je me rendis compte que ce n'était pas le fait de ne pas être humaine qui me troublait. J'avais peur d'être une faë.

— Personne d'autre que les faës ne font de la magie depuis des siècles. Mais je crois que c'est arrivé autrefois. Est-ce important?

— Quoi? Bien sûr que c'est important.

— Pourquoi?

Il se rapprocha encore.

— Pourquoi as-tu besoin de mettre un mot sur ce que tu es? Faë, humaine, douée de magie, rien de tout cela n'a d'importance. Tu es Reyna Thorvald, orfèvre, voyante, future Princesse de la Cour d'Ombre.

Mes jambes tressaillirent faiblement à ces mots, tandis que sa présence me dominait.

— Princesse, murmurai-je, le mot tambourinant dans ma tête.

— Veux-tu être Princesse?

— Peu importe ce que je veux, je n'ai pas le choix...

— Oublie les circonstances, Reyna. Oublie tes préjugés, tes principes, tes peurs. Dis-moi ce que tu serais si tu pouvais être n'importe quoi.

— Libre.

Mes joues s'enflammèrent d'émotion, remplaçant les larmes qui menaçaient de me remplir les yeux.

— Libre de quoi? D'une vie d'esclavage?

— De tout. De tout le monde.

— De tes amis? De ceux qui voudraient...

Il marqua une pause, ses yeux sombres tourbillonnants.

— T'aimer ? Ou libérée des visions de monstres, et des maîtres qui te maltraitent ?

Je déglutis, incapable de lui répondre. Bien sûr que je voulais être libérée des maîtres faës. Mais me libérer des visions... Je n'avais jamais réalisé à quel point je me sentais prisonnière d'elles. Je ne pouvais pas les fuir : elles étaient en moi.

— Je ne veux pas être libérée de mes amis, finis-je par dire, d'une voix calme.

— Bien. La liberté ne doit pas être synonyme de solitude.

— Est-ce que... est-ce que vous essayez de me dire que je peux être liée à vous tout en étant libre ? dis-je en secouant la tête. Parce que ce n'est pas possible. Je ne pourrais jamais être libre dans un palais faë, qu'il soit fait d'or ou d'ombre. Je suis marquée d'une rune, une mauviette comparée à tous ceux qui m'entourent, et je suis complètement dépendante de votre protection. Ce n'est pas ça, la liberté.

— Tu mens, même à toi-même, dit-il doucement.

La colère me traversa, mais il poursuivit avant que je ne puisse parler.

— Tu n'es pas faible, et tu as prouvé à tout le monde dans ce palais que tu n'étais pas complètement dépendante de ma protection. Tu as gagné la dernière épreuve, et je n'étais pas là.

Je fermai la bouche, mes protestations mourant sur mes lèvres.

— Quand la Reine sera morte, et qu'Odin me vienne en aide, malédiction ou pas, je ne connaîtrai pas le repos tant qu'elle ne le sera pas, alors tu n'auras plus besoin de ma protection.

Je secouai la tête, mais ma conviction avait en partie disparu.

— Ma place n'est pas ici.

De l'émotion illumina ses yeux. De l'exaspération peut-être ?

— Tu n'as ta place nulle part, pour le moment, Reyna. C'est ce que j'essaie de te faire comprendre. Tu es différente. Et quand j'aurai ce bâton de brume, j'éliminerai ceux qui veulent faire du mal à ce qu'ils ne comprennent pas.

— Vous ne pouvez pas renvoyer tout le monde, dis-je à voix basse.

— Je n'en ai pas besoin. Tu gagneras leur respect. Tout comme tu as gagné cela.

Il s'avança, réduisant l'écart entre nous. L'air bourdonna d'énergie lorsqu'il tendit la main. Avec une douceur que ses énormes mains n'auraient pas dû posséder, il sépara une mèche de mes cheveux défaits.

Je retins mon souffle lorsque de minuscules vrilles d'ombre dansèrent vers mon visage. Elles se faufilèrent dans mes cheveux, puis retournèrent à son bâton, et je levai timidement la main tandis qu'il retirait la sienne.

Mon doigt se referma sur une tresse serrée et complexe. Je fixai les yeux tourbillonnants du Prince, puis il fit volte-face.

— Viens.

Il s'éloigna dans l'allée, et je me précipitai à sa suite. Il s'arrêta devant l'une des immenses fenêtres, l'obscurité à l'extérieur si opaque qu'il était facile de voir mon reflet dans les vitres.

Elle était là. Une tresse. Il n'y avait rien de lacé dedans, comme dans la sienne ou celle de Frima, car c'était un honneur réservé aux faës. Mais quelque chose scintillait en bas, accrochant la lumière du feu.

Je touchai à nouveau la tresse, déplaçant mes doigts sur toute sa longueur jusqu'à la perle. Je la soulevai devant mon visage, car mes cheveux étaient assez longs.

Il s'agissait d'un petit hibou en argent, aux yeux immenses.

Je croisai le regard de Mazrith dans la vitre.

— Merci.

— C'est toi-même que tu dois remercier. Tu l'as méritée.

Je me tournai vers lui, envahie par l'émotion, mais un mouvement attira notre attention à tous les deux.

— Tait !

Le filombre tituba dans l'allée, du sang coulant sur sa joue.

CHAPITRE 11
REYNA

azrith se porta à ses côtés et l'aida à s'asseoir sur le banc le plus proche.

— Que s'est-il passé ?

Le regard désorienté de Tait essayait de se fixer sur Mazrith alors que je m'accroupissais devant lui. Il avait une entaille au-dessus de la tempe, comme s'il avait été frappé.

— Quelqu'un m'a volé mon livre, balbutia-t-il.

— Et t'a frappé ?

— Oui. Oui, ça aussi.

Des ombres surgirent du bâton de Mazrith et disparurent dans la pénombre de la vaste bibliothèque.

— As-tu vu qui c'était ?

— Non. J'étais plongé dans ma lecture, et tout à coup, j'ai vu des étoiles, et on m'a arraché mon livre des doigts.

Ses paroles étaient de plus en plus claires, mais son visage pâlissait à mesure que du sang coulait le long de sa joue.

Mazrith se débarrassa de sa cape – un lourd manteau de laine noire – et en déchira une bande comme si c'était du parchemin. Il la roula avant de la presser sur la blessure de Tait, au moment même où des ailes blanches voletaient au-dessus de nous.

— Voror !

Il atterrit sur la table et me regarda en clignant des yeux.

Tait resta bouche bée.

— Est-ce qu'il y a un hibou ici ? murmura-t-il en portant la main à sa tête.

— Oui, lui dis-je. Voror, as-tu vu qui a frappé Tait ?

— J'ai craint que vous n'échangiez des fluides corporels, alors je me suis réfugié dans les combles, dit-il.

Mes joues me brûlèrent.

— Il n'a rien vu, dis-je en me retournant vers Mazrith.

— Quel livre t'a été volé ? demanda-t-il à Tait.

— Cela parlait de l'histoire du palais et de la montagne de la Cour d'Ombre. Mais mon Prince, ce n'était pas le livre qu'ils cherchaient.

Une lueur de triomphe apparut dans ses yeux hébétés.

— Il y avait un morceau de parchemin à l'intérieur du livre.

Mazrith s'immobilisa.

— L'as-tu encore ?

— Oui, mais je n'en aurais pas eu besoin.

Je comprenais de moins en moins, mais avant que je puisse poser une question, les ombres retournèrent au bâton de Mazrith. Son visage se crispa de frustration.

— Qui que ce soit, il est parti trop vite pour que mes ombres puissent l'attraper.

— Qui a accès à cette bibliothèque ? demandai-je.

— La moitié de la Cour, répond-il sombrement. Tait, as-tu besoin de soins immédiats ? Ou peux-tu nous en dire plus ?

Celui-ci agita la main maladroitement avec indifférence.

— Il y a quelques parchemins cachés dans les livres de la bibliothèque. Ils donnent les mots runiques nécessaires pour entrer dans l'armurerie de votre père. Mais je les connais tous.

— Son armurerie ? demandai-je.

Tait acquiesça, puis s'arrêta en grimaçant. Mazrith retira le tissu, et je constatai avec soulagement que l'hémorragie s'était arrêtée.

— Je savais qu'elle était cachée quelque part dans cette bibliothèque, dit Mazrith à voix basse. Mais je n'ai jamais été invité à y aller, et je n'en ai aucune envie depuis sa mort.

— Quelqu'un d'autre la cherche ?

— Ou essaie de nous empêcher d'y entrer, dit Mazrith en nous regardant tour à tour, moi et Tait. Si mon père n'avait pas le talisman sur lui quand il a disparu, alors nous pourrions le trouver dans son armurerie privée.

Je haussai les sourcils.

— Avait-il pour habitude de le porter ?

— Non. Il était lourd et précieux. Pas approprié pour la bataille, dit Mazrith en prenant l'air pensif. Je ne sais pas comment elle a causé sa mort, mais si ma belle-mère l'a envoyé au combat, il y a des chances que le talisman soit encore au palais.

J'expirai.

— Trouvons son armurerie alors.

Nous suivîmes Tait jusqu'à l'un des escaliers en colimaçon menant à la galerie, puis jusqu'à l'un des nombreux piliers sculptés en forme de serpent, au bout d'une allée de bibliothèques. Voror glissa derrière nous, ne restant plus caché.

Tait tendit la main et toucha l'œil de bois sans vie du serpent.

— Une ombre ici, mon Prince.

Des ombres jaillirent du bâton de Mazrith sur l'œil du serpent, qui s'illumina de vert. Un craquement se fit entendre entre les rayonnages de livres. Nous nous dirigeâmes vers une tapisserie au bout de l'allée, représentant un bâton d'ombre avec un crâne au sommet, très semblable à celui de Mazrith. Celui-ci inclina la tête en le voyant, les épaules crispées.

— Le bâton de ma mère, dit-il à voix basse.

Tait acquiesça.

— *Veita,* dit-il.

Je ne connaissais pas le mot, mais la tapisserie scintilla, puis disparut, remplacée par une porte en bois sur laquelle était gravée exactement la même image.

Mazrith poussa la porte.

À mes yeux, cela ressemblait plus à un bureau qu'à une armurerie.

De taille modeste, la pièce avait des murs peints en gris foncé et était éclairée par des appliques comme dans le reste de la bibliothèque. Un grand bureau tapissé de cuir était recouvert de papiers et de bibelots, une corne d'ivoire sur un support occupant un bon tiers de l'espace. Une cheminée sans bois. Mais il était difficile d'ignorer la tête d'ours fixée sur une planche au-dessus, et je clignai des yeux.

— Cet ours est rouge.

— Mon père prétendait qu'il avait tué des ours de feu à la Cour de feu. Certains pensaient qu'il avait peint un ours normal en rouge.

Je détournai mon regard de l'objet et le portai sur le reste de la pièce. La plupart des murs étaient bordés d'armoires et d'étagères remplies d'objets fonctionnels, comme des gobelets et des bouteilles, et d'objets destinés à être exposés. La plupart étaient des armes, d'où le nom d'armurerie.

— Voyez-vous le talisman quelque part ?

— Non. Mais il n'était pas grand. Il a la forme de *Mjolnir*.

Je cherchai autour de moi un objet ayant la forme du légendaire marteau de Thor, mais je ne vis rien. Mazrith commença à feuilleter les papiers sur le bureau, et Tait s'installa sur l'unique chaise, l'air un peu gêné.

— Je n'aurais pas osé m'asseoir à la place du Roi, mais j'ai la tête qui tourne un peu…

Mazrith lui fit un signe de la main, sans lever les yeux de ses papiers.

— Pisse sur sa tombe, si tu sais où repose sa dépouille, marmonna-t-il. Je m'en moque.

Voror avait atterri sur une haute étagère, picorant un casque à cornes qui brillait d'émeraudes.

— Ça n'a pas sa place ici. Ça vient de la Cour de Terre, dit-il.

Un petit ornement sur une étagère avait attiré mon attention, et je m'en approchai. Un homme à genoux tenant une hache aussi grande que lui.

C'était le berserker. Je tendis la main pour la ramasser, et j'ouvris la bouche pour interroger Mazrith, mais au moment où mes doigts se refermaient sur la pierre froide, ma vision se troubla, puis s'assombrit complètement.

J'étais à l'intérieur du tronc d'*Yggdrasil,* mais tout était si sombre que j'y voyais à peine. Des marches sortaient de l'eau, entre deux portes menant à des Cours, mais je n'arrivais pas à distinguer lesquelles.

La vision se dissipa, et je me rendis compte que j'étais tombée sur Mazrith.

— Tu as une vision ?

J'acquiesçai, et il me prit le bras.

L'obscurité m'engloutit à nouveau.

Cette fois, j'étais en hauteur. Toujours à l'intérieur de l'arbre, baissant les yeux vers les têtes des énormes statues centrales depuis une petite plate-forme terreuse.

Le vertige me prit, et une nausée bien réelle me serra la gorge. L'obscurité se dissipa, et l'armurerie du Roi disparu reparut autour de moi.

— L'arbre, murmurai-je. *Yggdrasil.*

Ma vision changea à nouveau, la troisième vague m'emportant.

Un énorme barbu aux dizaines de tresses était à genoux devant moi, une concentration féroce illuminant son beau visage de faë. Il était difficile de voir à travers la pénombre, mais il était en train de refermer quelque chose. Un coffre ?

La vision se dissipa et, pour la première fois de ma vie, je priai pour une quatrième vague. Mais elle ne vint pas.

— Reyna ?

Mazrith me tenait fermement le bras.

Je secouai la tête.

— Vous pouvez me lâcher, dis-je.

Il le fit, à contrecœur, et je reposai la petite statue sur l'étagère, l'esprit en ébullition.

— Ressens-tu de la douleur ? De la peur ?

Il avait l'air aussi désorienté qu'inquiet.

— Non. Non, je vais bien. Ce n'était pas une vision des Affamés.

J'avais déjà vu le faë aux tresses, dans une autre vision. Je l'avais vu donner le bâton de brume à la Reine, et j'avais été sûre que c'était le père de Mazrith. Mais maintenant, j'en doutais. Si la Reine l'avait tué pour s'emparer de son bâton, alors la vision que j'avais eue de lui en train de le lui remettre librement n'avait aucun sens.

Peut-être que mes visions n'étaient pas des souvenirs, ou des choses qui s'étaient réellement produites ? Mais j'avais vu Mazrith enfant, et la conversation qu'il avait eue avec sa mère, et c'était bien réel.

— Qu'as tu vu ?

Je me retournai lentement vers Mazrith, conscient que Tait nous fixait intensément tous les deux depuis sa chaise, et que Voror nous regardait sans sourciller.

Avec précaution, je leur racontai ce que j'avais vu.

— Pensez-vous que c'est votre père que j'ai vu ?

— D'après ta description, oui. C'est possible.

Son expression était crispée.

J'hésitai avant de reprendre la parole.

— Si c'est le cas, et que ces visions sont des événements réels qui se sont produits, alors il a donné le bâton de brume de son plein gré à votre belle-mère.

Le regard dur de Mazrith me transperça.

— J'y ai pensé depuis que tu m'as parlé de la vision précédente.

Je n'y avais même pas pensé. Mais aux yeux de Mazrith, cela signifiait que l'homme qu'il détestait tant et qu'il croyait mort était peut-être encore en vie, quelque part.

— Peut-être que la Reine l'a piégé pour qu'il le lui donne, proposai-je. Puis l'a tué.

— Cela devait être un sacré piège pour le faire renoncer à l'une des armes les plus rares et les plus puissantes du monde, déclara-t-il d'un ton sombre.

— Les femmes sont douées pour obtenir ce qu'elles veulent des hommes, dis-je.

Son regard s'aiguisa.

— Pas moi, ajoutai-je en levant les mains. La séduction n'est pas l'un de mes points forts, dis-je avant de déglutir, les joues rougissantes. Quoi qu'il en soit, que pensez-vous que je l'ai vu faire dans l'arbre ? On aurait dit qu'il prenait quelque chose dans un coffre.

Les yeux de Mazrith brillèrent.

— Tu dis avoir vu un escalier dans le bois ?

— Oui. Avec des sculptures, et qui s'enroulait à l'intérieur de l'arbre.

Tait prit la parole.

— J'ai entendu des rumeurs selon lesquelles l'arbre peut présenter son intérieur comme il le souhaite. Peut-être est-il possible de révéler l'escalier d'une manière ou d'une autre. Le Roi a peut-être découvert qu'il y avait quelque chose de caché à l'intérieur de l'arbre, et il est allé le récupérer.

— Ou bien il a lui-même caché quelque chose là-dedans, dit Voror.

Je dardai mon regard vers le hibou.

— Tu penses qu'il a mis le talisman là-dedans ?

Mazrith émit un grognement pensif.

— Il a peut-être voulu cacher ses objets de valeur en dehors de la Cour d'Ombre. Beaucoup de ses biens ont disparu avec lui. Mais c'est une théorie légère.

Les plumes de Voror se hérissèrent.

— Je suis un hibou à la sagesse et l'intelligence supérieures. Mes idées ne sont pas *légères*. Ce n'est pas pour rien que tu as eu cette vision.

Je ne transmis pas ces mots au Prince.

— Pourquoi pensez-vous que j'ai eu une vision en touchant la statue ? demandai-je à la place.

— Je n'en ai aucune idée.

Nous nous tûmes tous.

— Je ne voudrais pas vous déranger, mais je souffre d'un mal de tête que je m'efforce d'ignorer, finit par dire Tait. Et je me sens un peu nauséeux.

Nous nous rapprochâmes tous deux de lui et l'aidâmes à se lever.

— Je suis désolé, mon ami, dit Mazrith avec douceur. Nous allons t'emmener à la Suite du Serpent, et je reviendrai pour voir s'il y a quelque chose d'utile ici.

Il me regarda.

— Nous devons continuer à chercher un autre moyen d'accéder à *Corvétoile* ou de créer une nouvelle amulette. Apporte tous les livres que nous avons trouvés.

CHAPITRE 12

REYNA

— Êtes-vous sûr que nous pouvons le laisser ? demandai-je alors que nous nous dirigions vers le couloir, en direction des écuries.

Nous avions emmené Tait à la Suite du Serpent et l'avions laissé aux soins d'Ellisar et de Kara. Tous deux avaient eu l'air disposé à le faire, mais je me sentais mal. Il avait été blessé en nous aidant.

— Qu'est-ce que tu ferais pour lui qu'ils ne peuvent pas faire ? demanda Mazrith en me lançant un regard en coin.

Je haussai les épaules.

— Rien, je suppose.

— Alors, nous t'entraînons à monter à cheval.

Le maître d'écurie eut l'air surpris de nous voir lorsque nous entrâmes. Il se leva d'un bond d'une table pliante, sur laquelle se trouvait une tasse fumante, et s'inclina devant Mazrith.

— Mon Prince, je ne savais pas que vous auriez

besoin de Jarl aujourd'hui. Il se remet bien de sa longue chevauchée jusqu'aux frontières, mais je ne suis pas sûr qu'il ait envie d'une course vigoureuse aujourd'hui.

— Jarl va se reposer. Je chevaucherai Idunn aujourd'hui.

Le maître d'écurie me jeta un coup d'œil.

— Et la dame ?

— Elle souhaite voir Rasa.

Le maître d'écurie déglutit, ce qui fit monter et descendre sa barbe brune.

— Rasa ne souhaitera peut-être pas qu'on la chevauche.

— Je sais. Nous verrons d'abord comment elle réagira à une conversation.

— Comme vous voulez.

Il nous dirigea nerveusement vers un box, même s'il était évident que Mazrith savait déjà où il allait. Lorsque nous arrivâmes aux portes battantes, sa main s'arrêta sur le verrou qui les ouvrait.

— Va préparer Idunn. Je m'en occupe, dit Mazrith.

— Mon Prince, dit-il avec reconnaissance, avant de se hâter de partir.

Mazrith se tourna vers moi.

— Tu es sûre de vouloir faire ça ?

J'entendis des sabots derrière les portes, puis un renâclement.

— Oui.

Il tira le verrou et ouvrit les portes du box en douceur.

Rasa fouetta de la queue et leva lentement la tête pour me regarder de son grand œil.

Je levai la main maladroitement, puis je me rappelai que j'étais censée être confiante. Je carrai les épaules, et elle donna un coup de patte contre le sol avec son sabot antérieur.

— Bonjour, dis-je

Elle se retourna dans la stalle pour me faire face, puis poussa un long et fort hennissement qui n'avait pas l'air amical.

— Désolée d'être partie précipitamment après la course, lui dis-je.

Elle fit quelques pas en avant. Je tins bon.

— Mes amis avaient des ennuis. Je pense que tu protègerais tes amis, donc tu comprends, n'est-ce pas ?

La voix de Voror entra dans mon esprit.

— C'est un cheval. Elle ne comprend rien à ce que tu dis. Elle n'a pas l'intelligence supérieure d'un hibou.

Je l'ignorai, me concentrant plutôt sur le grand corps de Rasa qui s'approchait.

— Tu as envie d'une autre course ?

Le cheval s'arrêta, fouetta de nouveau de la queue, puis secoua la tête d'un côté à l'autre.

Était-ce un oui ou un non ?

Avec une vitesse soudaine, elle s'élança hors de son box. Je bondis sur le côté à temps, sentant la main de Mazrith sur mon épaule.

Une fois au milieu des grandes écuries, Rasa commença à trotter en cercle, en ruant des jambes arrières tous les quelques pas.

Mazrith soupira.

— C'est ce qu'elle fait quand j'essaie de lui parler. Il faut généralement être à trois pour la faire revenir.

— Vous ne pouvez pas utiliser vos ombres ? demandai-je à voix basse, essayant de ne pas être aussi déçue de la réaction du cheval.

— Ça ne fait qu'empirer les choses.

— C'est bizarre, étant donné que votre mère avait l'habitude de la monter. On pourrait croire qu'elle est habituée aux ombres.

Il me jeta un regard dur, et je regrettai d'avoir parlé de sa mère. Mais ses yeux s'adoucirent.

— Je pense que c'est pour cela qu'elle ne les aime pas, dit-il.

— Ça déclenche son chagrin ? Les chevaux peuvent-ils ressentir le chagrin ?

— Je crois que oui, dit-il en regardant Rasa ruer et galoper en large cercle.

— C'est certain, dit Voror dans ma tête.

— Voror, sais-tu ce qui pourrait la calmer ? demandai-je à haute voix.

Mazrith me jeta un regard, mais ne dit rien.

— C'est une créature pétrie d'instinct et de désespoir irréfléchi, dit-il avec dégoût. Je connais mal de telles bêtes.

— Eh bien, que veut son instinct ?

— La même chose que la dernière fois que nous l'avons vue.

— La liberté, soufflai-je.

Je fis quelques pas vers le cheval, Mazrith à mes côtés.

— Rasa ! appelai-je.

Le cheval m'ignora.

— Tu veux encore brûler un peu de ce feu avec moi ?

Elle s'arrêta, balançant la tête plusieurs fois avant de la redresser pour me regarder.

— On pourra aller aussi vite, mais il y aura moins de gens qui essaieront de nous tuer. Ça te va ?

Elle tourna en rond en s'ébrouant.

— Mais il faudra rentrer quand ce sera le moment. Cela fait partie du marché.

Elle se cabra à nouveau, recommençant à tourner en rond.

— Et si tout se passe bien, on pourra y retourner !

J'essayai de ne pas laisser transparaître le désespoir dans ma voix.

— Hors de ces écuries, dans les arbres et l'air frais. Autant que tu voudras. À condition de revenir à chaque fois.

Elle avait ralenti pendant que je parlais, et quand j'eus fini, elle s'approcha lentement de nous.

Quand elle fut à quelques mètres, je sentis le froid des ombres de Mazrith et je compris qu'il était prêt à nous protéger si elle donnait un coup de pied ou s'enfuyait.

Prenant confiance, je fis un pas en avant, la main tendue. Elle l'ignora et se tourna vers moi de façon à me montrer son flanc.

— Qu'est-ce que cela signifie ? murmurai-je à Mazrith.

— Que nous devrions la seller rapidement, avant qu'elle ne change d'avis.

Je ne dirais pas que Mazrith et le palefrenier eurent la tâche facile, mais personne ne se cassa aucun membre en préparant Rasa. Elle s'agita lorsque je montai sur son dos, piaffant de façon inquiétante au début. Mais chaque fois que je lui dis qu'elle pourrait aller aussi vite qu'elle en aurait envie une fois hors des écuries, elle se calmait.

Au fond de moi, j'étais sûre que je regretterais de lui avoir dit cela. Si je tombais dans la forêt hantée, j'aurais de sérieux problèmes. Si je tombais n'importe où ailleurs, je risquais fort de me blesser gravement. Je fis tourner deux fois les rênes autour de mes mains, juste au cas où, et j'enfonçai fermement mes pieds dans les étriers.

— Ne me fais pas tomber, lui dis-je, tandis que Mazrith et Idunn avançaient vers les portes qui s'ouvraient lentement. Si tu me fais tomber, on ne pourra pas y retourner.

Elle renversa la tête en arrière, s'ébrouant.

— Es-tu prête..., commença à dire Mazrith devant moi.

Mais je ne l'entendis pas terminer. Avant même que les portes ne soient complètement ouvertes, Rasa s'élança.

Mon souffle quitta mes poumons précipitamment, et je n'eus pas le temps d'essayer de me caler sur son rythme. Je me cramponnai juste comme à la vie même.

— Mets-toi debout sur tes étriers, plie les genoux et accroche-toi à ses épaules, et garde les rênes dans les mains, dit la voix de Mazrith dans ma tête.

J'aspirai de l'air froid, frôlée par les arbres noueux, et j'essayai de faire ce qu'il me disait.

Je réussis à soulever mon derrière de la selle, à me pencher sur l'encolure de Rasa et à serrer mes genoux. Je me sentis immédiatement plus à l'aise et risquai un coup d'œil par-dessus mon épaule.

Mazrith était derrière nous, avec Idunn dont les sabots battaient le sentier de la forêt, sans parvenir à suivre Rasa.

— Bienheureuse Freya, tu es rapide, lui dis-je.

Si c'était possible, je suis sûre qu'elle accéléra. Mes cheveux s'envolèrent derrière moi, alors que ses sabots dévoraient le sol sous nos pieds. Je me laissai enfin emportée par sa cadence, et un large sourire s'empara de mes lèvres.

Toutes les pensées qui se bousculaient dans ma tête, à propos de qui avait attaqué Tait, ou de la façon dont j'allais survivre au *Leikmot*, ou de la méchante Reine, ou des affreux Affamés, ou de mes émotions confuses à propos du Prince, ou même de ma propre identité mystérieuse... Aucune d'entre elles ne pouvait franchir la barrière de vent impétueux que Rasa était en train de créer. Elle était plus rapide que mes pensées, qui ne pouvaient pas suivre. Et je les distancerais aussi long-temps que j'en serais capable.

Lorsque nous sortîmes de la forêt quelques instants plus tard, Rasa ne ralentit pas. Et je ne lui demandai pas de le faire. Elle fila dans les rues, tandis que les gens s'écartaient vivement de son chemin. Ils n'avaient pas besoin de le faire : le corps agile de Rasa se faufilait entre les charrettes et les piétons sans ralentir.

Certains serrèrent le poing au passage, mais elle était trop rapide pour que je puisse bien les voir. Et je m'en moquais.

Elle continua à galoper une fois que nous eûmes quitté le village, en direction de la forêt où je m'étais entraînée à sauter avec Idunn. Je ne savais pas ce qu'il y avait au-delà.

— Ne traverse pas la forêt, Rasa, lui lançai-je. Garde le rythme, mais reste dans les arbres.

Je ne sais pas si elle comprit ce que je lui avais dit, mais lorsque nous retrouvâmes sous le feuillage dense, elle ralentit avant de quitter le sentier bien battu.

Elle sauta par-dessus des troncs d'arbres tombés par terre, et parfois même des buissons entiers, et prit des virages serrés pour se faufiler entre les arbres, comme si elle était capable de les voir avant moi. Son agilité instinctive était étonnante, et je la laissais prendre le contrôle, sans rien faire avec les rênes ou mes jambes pour la guider.

Au bout d'un moment, elle ralentit au trot, s'arrêtant pour claquer des dents vers des insectes qui volaient à basse altitude et des papillons qui voletaient au-dessus d'un buisson aux baies rouge vif et aux fleurs orange. Sans réfléchir, je passai ma main le long de son encolure, et elle se figea un instant, puis elle secoua la tête et continua à essayer d'attraper des papillons.

— Tu n'es pas née pour rester enfermée dans cette écurie, murmurai-je.

— Si tu la chevauches comme ça, elle n'aura plus besoin de rester enfermée.

La voix du Prince était un peu essoufflée, mais me fit tout de même sursauter.

— Vous avez réussi à nous suivre, alors ? demandai-je en me retournant sur ma selle pour le voir à trois mètres de moi.

Idunn respirait fort.

— À peine.

Je souris.

— Je vous parie une bouteille de vin d'ortie que je serai de retour avant vous. Allez, Rasa !

CHAPITRE 13

REYNA

J'aurais dû parier quelque chose de mieux, comme une bouteille d'hydromel, car j'arrivai aux écuries cinq bonnes minutes avant Mazrith.

— Si j'avais monté Jarl, tu aurais eu plus de compétition, grogna-t-il en faisant s'arrêter Idunn à côté de moi.

—Uh-huh.

Je ne retins pas mon sourire narquois tandis qu'il faisait apparaître un marchepied d'ombre pour que je puisse descendre de Rasa. Dès que je mis pied à terre, Mazrith bondit pour retirer la selle.

— Merci d'être revenue, dis-je au cheval.

Elle me regarda pendant que Mazrith œuvrait rapidement. Mais la tension avait disparu de son corps, et ses renâclements avaient perdu de leur vigueur.

— Le perdant de cette course vient de nous lancer un nouveau défi, dis-je.

Elle fouetta de la queue.

— Je reviendrai donc dans quelques jours.

Elle hennit.

— Je pense que cela signifie que le défi est accepté, dis-je à Mazrith, alors que nous la reconduisions à son box.

— Je comprends comment tu as mérité cette tresse, dit-il en poussant son verrou, avant de se tourner vers moi. Vous êtes faites l'une pour l'autre.

Mes joues rougirent, le plaisir se mêlant à l'adrénaline.

— J'adore la chevaucher.

— Une cavalière, alors ?

— Quoi ?

— Ce que tu serais, si tu pouvais être quoi que ce soit.

— Avec elle, je me sens libre.

C'était une simple déclaration, mais j'avais l'impression de partager un secret.

Ses yeux se plantèrent dans les miens, et le souvenir du baiser féroce que nous avions échangé ici même m'envahit.

Je faillis faire un pas en arrière, pour me retenir d'avancer.

L'embrasser serait une mauvaise idée. N'est-ce pas ?

Mes pieds bougèrent. Vers lui.

Il fit un pas en arrière, et je m'arrêtai.

Son expression changea, l'émotion se dissipant.

— J'attends avec impatience notre prochaine course, dit-il en balayant sa cape derrière lui et en marchant vers Idunn.

J'attendis un moment avant de le suivre, laissant

mon pouls se calmer. J'étais grisée par la chevauchée, à laquelle se mêlait la passion.

Il avait raison de ne pas laisser faire. Nous avions très peu de temps pour trouver le bâton de brume, et nous ne pouvions pas nous permettre d'autres disputes ou conflits émotionnels.

Il ne t'a pas vraiment pardonné de lui avoir menti, dit une petite voix dans un coin de ma tête.

Je pris une inspiration et j'essayai de maîtriser mes pensées. Je ne les avais pas distancées, finalement.

Je me retournai et me dirigeai vers le Prince, qui passait une brosse sur la robe d'Idunn.

— Dois-je faire la même chose pour Rasa ?

— Il faudra y aller progressivement, je pense.

— D'accord. Quand pourrons-nous revenir ?

— J'aimerais bien le savoir, répondit-il sombrement.

— Combien de temps pensez-vous que nous resterons à la Cour de Glace ?

Il haussa les épaules.

— Les épreuves ici se sont déroulées sur quatre jours. J'espère qu'il en sera de même. Je ne souhaite pas m'absenter trop longtemps.

— À cause de l'attaque des Affamés ?

Il jeta un coup d'œil aux écuries, mais les lieux semblaient vides.

— Ils n'attaqueront pas tant que tu ne seras pas là.

Je déglutis, la peau hérissée.

— C'est vrai.

— Non, je veux aller sur l'île de *Corvétoile* et réparer

la statue. Et je ne peux pas le faire depuis l'extérieur de la Cour d'Ombre.

Nous mangeâmes de nouveau en groupe, dans la salle de guerre. Tait se joignit également à nous, avec un bandage autour de la tête, mais apparemment de bonne humeur.

Mazrith et les guerriers évoquèrent les préparatifs pour quitter la Cour le lendemain matin, et j'écoutai tout en mangeant un ragoût de viande épicé qui était meilleur que tout ce que j'avais mangé à la Cour d'Or.

— Svangrior a sélectionné des armes dans l'armurerie cet après-midi, et j'ai passé quelques heures dans les quartiers des thralls à revoir les toiles du palais, au cas où nous en aurions besoin. Rien n'a été touché, et j'ai personnellement supervisé le chargement du *Knarr*, dit Frima.

— Qu'est-ce que c'est, le *Knarr* ? demandai-je.

— La chaloupe sur laquelle nous allons voyager. C'est un cargo fait pour les longs voyages, et il y a assez de cabines pour notre groupe, répondit Mazrith.

Je le regardai.

— Nous y allons tous, je suppose ?

Il marqua une pause, puis secoua la tête.

— La Reine ayant quitté la Cour d'Ombre, je pense qu'il est plus sûr que tes amis restent ici.

Je ravalai ma protestation instinctive. Et s'il avait raison ? Même si je ne voulais pas être séparée d'eux, il était probable que mes amis seraient plus en danger là où se tiendraient les jeux, étant donné le coup d'éclat récent de la Reine. Toutes les personnes impliquées avaient vu qu'ils étaient importants à mes yeux, ce qui faisait d'eux des cibles potentielles.

Je regardai Kara et Lhoris.

— Ça vous va ?

Kara acquiesça, mais Lhoris prit la parole.

— Quelqu'un restera-t-il avec nous ici ou serons-nous à nouveau confinés aux quartiers des thralls ?

— Ellisar restera ici avec vous, lui dit Mazrith.

— Ah bon ?

Le grand homme sembla un peu déçu.

— Oui. Je pense qu'il n'y aura pas beaucoup de problèmes, et tu viens de recevoir une blessure à la tête.

— Attendez, vous le laissez ici pour assurer leur sécurité, mais vous pensez qu'il n'est pas assez en forme ? protestai-je.

— Il ne sera pas seul. Un certain nombre de gardes du palais me sont fidèles. On ne peut pas leur accorder la même confiance qu'à mes guerriers, ajouta-t-il, mais ils sont assez fiables pour aider Ellisar s'il en a besoin.

Ellisar se frappa la poitrine, l'air renfrogné.

— Je suis à la hauteur.

Mazrith acquiesça.

— Je sais. Mais un humain guérirait mal dans un climat froid.

Il se tourna vers le filombre.

— Tait, je suis désolé, mais malgré ta blessure, tu devras te joindre à nous.

Celui-ci acquiesça avec enthousiasme.

— Je vous aurais suivis si vous aviez refusé de m'emmener sur votre chaloupe.

— Tu ne viens pas pour charger mon vaisseau de babioles et de jouets en tout genre, dit Mazrith d'un ton sévère. Tu viens là pour réparer mon bâton si le pire devait arriver.

— Bien sûr, mon Prince, dit-il, avant d'attaquer son morceau de pain avec une expression d'excitation enfantine sur son visage âgé.

— As-tu la moindre idée de qui aurait pu te suivre à la bibliothèque ce matin ? demanda Frima à Mazrith, en regardant le bandage de Tait.

— Aucune. Mais je suis prêt à parier que c'est la même personne qui a essayé de s'en prendre à Reyna.

Les guerriers ne savaient pas ce qui s'était passé au sanctuaire, mais ils savaient qu'on avait laissé un serpent dans ma chambre.

— Ce doit être quelqu'un de proche, si cette personne a accès à autant d'informations, et à ces lieux, grogna Svangrior.

Je le fixai jusqu'à ce que ses yeux croisent les miens. J'envisageai de soutenir son regard, de relever le défi, mais je préférai baisser le mien sur ma nourriture. Je n'avais aucune preuve que c'était lui. J'avais juste du mal à croire que c'était Frima ou Ellisar.

— Nous devons toujours être sur nos gardes, dit Mazrith. Et que personne ne voyage seul.

Il me regarda avec insistance.

Je haussai les épaules et lui fis un signe de la main, faisant scintiller l'anneau au serpent.

— Je n'irai nulle part sans que vous le sachiez.

— Savoir où tu es, ça ne m'aide pas à te garder en vie, grogna-t-il.

— Je ne pensais pas pouvoir quitter ces pièces sans magie, dis-je.

Il plissa les yeux.

Tu ne peux pas, mais cela ne t'a jamais arrêtée.

Je m'interrompis. Était-il au courant de la tentative d'évasion et de ma rencontre accidentelle avec Arthur ? À moins que les guerriers ne lui en aient parlé, je ne voyais pas comment.

Sans me quitter des yeux, il ajouta :

— Nous n'emmènerons pas de chevaux, ni Arthur, car il n'y a pas de place sur le navire et je ne pense pas que nous en ayons besoin dans la toundra.

Oh, par les Nornes. Il le savait.

— Dommage. C'est pratique d'avoir Arthur, dis-je, nonchalamment.

— Arthur est-il l'ours au bouclier dont tu m'as parlé ? demanda Kara à voix basse.

Saisissant l'occasion de détourner mon regard du Prince, je me tournai vers elle.

— Oui, il est très impressionnant. Connais-tu d'autres animaux magiques ?

Heureusement, Mazrith me laissa parler à Kara pendant le reste du repas, préférant discuter des prépara-tifs de voyage avec Svangrior et Frima.

Il fut le premier à quitter le repas, pour s'occuper des gardes, et lorsque je me retirai dans ma propre chambre, je me sentais agitée. L'excitation du voyage y était pour quelque chose, j'en étais sûre, mais une autre pensée s'insinuait en moi.

Tout à l'heure, Mazrith avait parlé des personnes douées de magie. Et cette formulation me revenait sans cesse à l'esprit. Était-il possible que mes parents, ou l'un de mes parents, n'aient été ni faës ni humains ?

Silencieusement, je me dirigeai vers la chambre de Kara et Lhoris. Je me glissai à l'intérieur sans frapper, ce qui fit sursauter Kara.

— Reyna ! murmura-t-elle avec surprise.

Lhoris dormait dans le grand fauteuil. Je fis signe à Kara de sortir de la chambre, et elle me suivit jusqu'à la mienne.

— Qu'est-ce qui ne va pas ? demanda-t-elle quand je fermai la porte.

— Rien. Je voulais juste te demander de l'aide. Encore une fois.

— Bien sûr.

Elle s'assit à côté de moi sur le lit.

— Pendant mon absence, pourrais-tu chercher des informations sur les êtres doués de magie qui ne sont pas des faës, en particulier ceux qui ont des visions ou de la magie de l'esprit ?

Son visage s'illumina.

— Dans la bibliothèque ? Bien sûr que je peux ! Attends.

Son sourire s'effaça.

— Est-ce que c'est la bibliothèque où Tait a été attaqué ?

— Oui. Il ne faut pas que tu y ailles seule. Seulement

avec Ellisar. Et dis-lui que tu fais des recherches pour le Prince.

Elle acquiesça.

— Je peux le faire.

— Merci.

— Tu t'inquiètes pour les jeux de glace ?

J'étais sur le point de dire non, mais quelque chose dans son expression me fit réfléchir. Je m'étais toujours présentée à elle comme quelqu'un de fort, parce que je voulais qu'elle apprenne à se débrouiller seule. Mais depuis que j'étais ici, j'avais vu qu'elle avait déjà du courage. Et peut-être des talents qui la maintiendraient en vie et qui n'avaient rien à voir avec les miens. Elle était tolérante, aimable, et avait une sagesse plus vieille que son âge.

— Oui. Un peu, avouai-je. Et je ne suis pas habituée au froid.

Elle sourit et passa ses mains sur les nombreuses couvertures du lit.

— Il n'y aura pas de pénurie de fourrures, j'en suis sûre.

— C'est vrai. Lady Kaldar n'aime personne dans ces jeux. J'ai un peu peur qu'elle tente quelque chose.

Kara secoua la tête.

— C'est peut-être la championne de la Cour de Glace, mais ce n'est pas elle qui décide.

— Tu as raison. Je vais rencontrer le Roi et la Reine de la Cour de Glace, réalisai-je.

Elle prit un air un peu mélancolique.

— J'aimerais bien y aller avec toi, mais je n'aime pas le froid non plus.

— Je pense que Mazrith a raison : vous serez tous les deux plus en sécurité ici. Comment va Lhoris ?

— Il devient de plus en plus silencieux chaque jour, mais je pense qu'il va bien. Je crois qu'il débat dans sa propre tête.

— Il n'est pas le seul, murmurai-je. Et toi ?

Elle haussa les épaules.

— Mes pensées aussi ont été remises en question, d'une bonne façon. Et maintenant, j'ai l'occasion d'explorer une bibliothèque. Elle est grande ?

— Oui. Et il y a une cheminée.

Une fois Kara partie, je ne fus pas surprise de voir Voror descendre en piqué pour se poser sur le montant du lit.

— Alors, ô grand sage, le saluai-je, comment penses-tu que nous devrions aller sur l'île impossible ? Faut-il qu'on trouve un autre moyen, ou qu'on fabrique un autre talisman ?

— Il faut que tu trouves le vrai talisman. Il a été créé par les dieux. On ne peut pas le refabriquer, dit-il en claquant du bec. Ton Prince le sait, mais il ne veut pas partir à la recherche de son père.

— Penses-tu que le Roi est encore en vie ?

— Non. Il n'aurait pas quitté sa Cour aussi long-temps si c'était le cas.

J'acquiesçai.

— Tu penses toujours que cette vision m'a montré où il a caché le talisman ?

— Pourquoi mon avis aurait-il changé ? demanda-t-il en penchant la tête, apparemment confus. Les humains sont étranges.

Je soupirai.

— Je croyais que tu avais dit que je n'étais pas humaine.

— Tu parles comme une humaine. C'est assez étrange pour le moment. Je souhaite te parler de la Cour de Glace.

Je croisai mes jambes sous moi sur le lit.

— Vas-y.

— Je suis peut-être fort, furtif et sage, dit-il en se dandinant sur ses petites pattes griffues.

Mon cœur sombra lorsque je devinai ce qu'il allait dire.

— Mais...

— Mais je ne peux pas survivre à des températures glaciales.

Je laissai tomber ma tête, le menton heurtant la poitrine.

— Je comprends, marmonnai-je.

Il fit claquer son bec.

— Tu regrettes que je ne puisse pas t'accompagner ?

Je levai la tête pour le regarder.

— Oui, j'aime bien que tu veilles sur mes arrières. Tu m'as sauvé la vie.

— Le Prince et sa guerrière grossière veilleront sur tes arrières à la Cour de Glace.

Je pris une grande inspiration.

— Je sais. Mais j'aime aussi parler avec toi.

Une drôle de petite ondulation parcourut ses plumes.

— Tu es trop stupide pour avoir une conversation stimulante, mais j'ai appris à apprécier ta compagnie.

Je lui lançai un regard.

— Tu n'as pas pu t'empêcher de me traiter d'imbécile même quand tu es gentil avec moi, hein ?

M'ignorant, il poursuivit.

— Je crois que je peux t'être beaucoup plus utile d'une manière différente pendant que tu participes au *Leikmot*.

— Vraiment ?

— Oui, je t'accompagnerai jusqu'à l'arbre d'*Yggdrasil* et je t'y attendrai.

J'eus une épiphanie.

— Tu veux partir à la recherche du coffre du Roi à l'intérieur de l'arbre.

— Oui.

— Tu n'es pas en train de mentir à propos du froid juste pour prouver au Prince que tes idées ne sont pas *légères*, n'est-ce pas ?

— Absolument pas. Cependant, si j'ai raison, j'attends de toi que tu prennes le temps nécessaire pour lui arracher des excuses.

— Voror, si tu trouves le talisman de Thor, je suis sûre qu'il fera plus que s'excuser auprès de toi. Il pourrait même t'embrasser.

Je souris quand le hibou déploya ses ailes, tournant la tête avec un dégoût évident.

— Alors je retire ma proposition.

— Très bien. Je m'assurerai qu'il ne t'embrasse pas.

Il s'envola dans les combles, sa voix flottant jusqu'à moi alors qu'il partait.

— Je te conseille de ne pas le laisser t'embrasser non plus. Il semble que cela vous rende tous les deux encore plus étranges que d'habitude.

Le lendemain matin, il fut difficile de dire au revoir à Kara et à Lhoris. Bien que personne ne le dise, nous étions tous conscients qu'il y avait une possibilité que je ne revienne pas. Mazrith ferait ce qu'il pourrait pour me garder en vie, mais il ne participerait pas aux épreuves. Peut-être qu'à la Cour de Glace, ils ne prépareraient pas de jeux aussi clairement inadaptés à une humaine.

Oui, on pouvait rêver.

— Mérite une autre tresse, Reyna, dit Kara en me serrant dans ses bras.

Lhoris souleva ma nouvelle tresse et sourit.

— Par Thor, mérites-en trois, dit-il, avant de m'attirer contre lui.

Il n'était pas du genre à distribuer les étreintes, alors je me blottis contre lui, savourant la sensation.

— Sois prudente. Je sais que tu lui fais confiance,

mais personne ici n'est notre allié, murmura-t-il dans mes cheveux.

— Oui. Promis.

Svangrior et Frima se chamaillaient tandis que nous traversions le palais, suivis par Tait et Brynja. Je marchais à côté de Mazrith, qui restait silencieux. Il portait son masque de crâne, et lorsque nous quittâmes le palais par les portes principales, je compris pourquoi. Des centaines de faës et d'humains étaient venus voir le contingent royal quitter la Cour.

Cela faisait longtemps que des faës n'avaient pas été invités par les autres Cours, plutôt que d'aller les piller sous le manteau de la nuit, et je pouvais donc comprendre leur excitation.

Une simple voiture ouverte, tirée par quatre chevaux, attendait en bas des marches, et nous montâmes tous les six. Il fallait s'asseoir sur des bancs rigides.

— Attendez, pourquoi la Reine va-t-elle à la Cour de Glace, alors qu'aucun souverain des autres cours n'est venu ici ? demandai-je, quand cette pensée me vint soudain à l'esprit.

Mazrith me jeta un regard sombre alors que les chevaux se mettaient en route sans instruction.

— J'imagine que les autres ne se sentaient pas assez en confiance pour laisser leurs Cours sans protection. Il n'était pas imprudent de soupçonner un piège : les jeux auraient pu être un stratagème pour les éloigner de leurs trônes.

— Et elle ne ressent pas la même chose ?

— C'est elle qui est à l'origine de tout ça. Bien que je suppose que les autres pourraient en profiter.

— En l'absence de vous deux, qui est responsable ?

— Rangvald est resté ici.

— Huh.

Il n'avait pas l'air très puissant. Intelligent, mais pas fort.

Comme s'il avait perçu mes pensées, Mazrith dit d'une voix plate :

— Ne le sous-estime pas. Il montre ce qu'il croit que les gens veulent voir. Cet homme cache sa vraie nature sous des couches de conneries obséquieuses.

— Les Nornes n'auraient pas mieux dit, grogna Frima. Cet homme est un étron.

— Vous lui faites confiance pour veiller sur votre Cour ? demandai-je à Mazrith.

— Non. Mais il est assez intelligent pour tenir la forteresse jusqu'à ce que je revienne.

Frima donna un coup de poing dans l'épaule de Mazrith.

— Nous n'en arriverons pas là, j'en suis sûre. Nous serons vite partis de la Cour de Glace.

La tension sur son visage trahissait son ton léger. Elle ne savait pas que les Affamés me suivraient à la Cour de Glace. La seule menace réelle *ici* viendrait d'autres faës.

— Accrochez-vous, nous sommes sur le point de traverser la forêt, aboya Svangrior depuis le banc de devant.

Brynja poussa un petit cri lorsque les chevaux prirent

brusquement de la vitesse et que nous filâmes à travers la forêt hantée.

Bien que je sois sortie du palais à plusieurs reprises, je n'avais encore jamais emprunté la route normale, le long de la montagne.

J'étais fascinée alors que nous sinuâmes par au moins dix villages différents. Ils avaient tous une identité distincte : certains sentaient le métal fondu et résonnaient du fracas des forgerons ; d'autres étaient bordés de peaux tendues sur des cadres, que les humains frappaient avec des gourdins. D'autres encore semblaient se consacrer à la cuisine, avec de longues tables devant les bâtiments, garnies de légumes et de gens qui hachaient et remplissaient des sacs. Tous ceux que nous croisions s'arrêtaient pour nous regarder, mais presque personne ne fit de signe de la main ou de la tête. Je me demandai s'ils avaient montré plus d'amour pour leur Prince avant qu'il ne se lie à moi. La rouquine, le paria humain.

Mais quand je jetai une œillade à son visage stoïque et masqué, sa silhouette énorme et solide pressée contre moi, je me demandai aussi si je m'en souciais. Sans moi, ils perdraient leur Prince qui succomberait à sa malédiction et ils seraient livrés au règne d'une folle.

Des forêts parsemaient les intervalles entre les villages, et certains arbres et arbustes ressemblaient à ceux de la grotte, scintillant d'une lumière éthérée dans le crépuscule permanent.

Lorsque nous arrivâmes à la forêt au pied de la

montagne, l'atmosphère changea. J'avais déjà visité cette forêt, et elle n'était pas amicale. Même sans créatures mortes-vivantes à ma poursuite, je sentais de l'hostilité émaner des arbres qui protégeaient la montagne.

La calèche poursuivit sa route au milieu du feuillage, en suivant un large chemin qui déboucha sur un rivage de sable noir et sur la rive de la rivière-racine. Mais je ne remarquai même pas l'eau. Mon regard était fixé sur la plus grande chaloupe que j'avais jamais vue. Brynja et moi sursautâmes toutes deux lorsqu'elle apparut.

Frima me fit un sourire.

— N'est-elle pas belle ?

Elle l'était. La coque en chêne robuste devait mesurer plus de cinquante pieds d'un bout à l'autre, bien que peu profonde. Une figure de proue en forme de serpent, minutieusement sculptée, se tordait à l'avant, comme prête à plonger entre les vagues, semblable à celle du *karve* qui m'avait amenée à la Cour d'Ombre, mais tellement plus grande.

— C'est l'heure de la visite, dit Frima en sautant de la calèche dès que les chevaux s'arrêtèrent.

Je la suivis, et Svangrior aida Brynja à descendre. La jeune fille semblait un peu dépassée, mais Frima ne me laissa pas le temps de m'assurer qu'elle allait bien.

— Viens, dit-elle en s'engageant sur une petite rampe qui permettait d'accéder facilement au pont, suffisamment large pour accueillir trois cabines en bois, chacune dotée de fenêtres à volets et d'un toit en pente.

La cabine centrale était la plus grande, et des formes de serpents avaient été brûlées sur les portes et les volets en bois. La cabine de Mazrith, supposai-je. Je jetai un coup d'œil à l'intérieur et vis un lit recouvert de fourrures et trois grands coffres avec des cadenas. Une bassine se trouvait dans un coin, mais je ne pouvais pas imaginer qu'il y avait de l'eau courante.

Les cabines situées de part et d'autre étaient à peine plus petites, mais suffisamment spacieuses pour être confortables. L'une d'elles était remplie de boucliers et d'armes suspendus aux murs, attachés par des cordes.

— Cette voile a été fabriquée par l'ancienne famille royale. C'est le grand-père de Mazrith lui-même qui l'a façonnée, dit Frima en posant ses mains sur le mât massif au milieu du pont et en levant les yeux vers l'immense voile.

— Et si ça tourne au vinaigre, il y a toujours les rames, grommela Svangrior en me dépassant pour entrer dans la cabine où se trouvaient les armes. Tait, tu es avec moi, rappela-t-il par-dessus son épaule, avant de claquer la porte.

— Tait en a de la chance, marmonnai-je.

J'aperçus un éclair d'ailes blanches au-dessus des cabines, ce qui me confirma que Voror était arrivé avec nous.

— Au cas où tu aurais besoin de le savoir, il y a des voiles supplémentaires, des cordes, du goudron, du bois, de la nourriture, des armes, et tout un tas d'autres choses, sous le pont, dans le ventre du navire. La trappe est là, sous les pieds de Maz.

Il y avait une plate-forme surélevée à la poupe, et la

silhouette de Mazrith, tout en fourrures, se trouvait là, immobile, à contempler l'eau.

— D'accord. Est-ce que je... Est-ce que je partage une cabine avec vous ?

Je connaissais déjà la réponse, mais il fallait que je demande.

Frima pouffa.

— Quoi, et Maz partage avec Brynja ?

À ce moment précis, Brynja s'approcha avec un petit sac, et son visage perdit toute couleur.

— C'est bon, Brynja, elle plaisante, dis-je rapidement.

Frima lui adressa un petit sourire d'excuse.

— Tu viens avec moi, dit-elle à la jeune fille.

Brynja n'eut pas l'air aussi soulagé que je l'aurais cru. Je ne pouvais pas lui en vouloir. Frima faisait très peur, parfois. Je jetai un coup d'œil à Mazrith, au regard toujours aussi fixe sous son masque de crâne luisant. Hm. Peut-être que Frima n'était pas si mal.

— Mesdames, où prépare-t-on les repas ?

La voix de Brynja était à peine audible, et je me sentis mal pour elle. Elle était assez confiante lorsqu'il n'y avait pas de faës d'ombre dans les parages. Peut-être que ce voyage et cette proximité forcée l'aideraient à comprendre qu'ils n'étaient pas une menace.

Frima se dirigea vers un long coffre bordant le pont principal, ouvrit le couvercle et en sortit un long morceau de bois plat.

— Tu veux bien m'aider ? demanda-t-elle en me jetant un regard agacé.

Je l'aidai à déplier ce qui me parut être une grande table. Une fois que nous l'eûmes traînée jusqu'à un banc fixé au pont, Brynja s'assit, sortit des carottes de son sac et un petit couteau. Tait sortit de la cabine dans laquelle il avait suivi Svangrior et s'assit à côté d'elle.

— Nous partons maintenant, appela Mazrith depuis la plate-forme.

Il leva son bâton, et des ombres en sortirent en tourbillonnant. Elles se précipitèrent vers la voile, la remplissant, la gonflant. Le navire se mit en branle dans un soubresaut.

CHAPITRE 15

REYNA

L'excitation de naviguer sur la rivière se dissipa étonnamment vite. Je ne voyais rien dans le vide par-delà les rives de la rivière-racine, et le bateau était suffisamment grand pour que nous nous balancions à peine sur la surface douce. Je proposai à Brynja de l'aider à préparer des légumes, mais elle refusa, disant que ce n'était pas un travail pour une dame, et m'ignorant quand je protestai que je n'en étais pas une.

Tait avait apporté une pile de livres à table et en lisait un. Frima et Svangrior aiguisaient leurs armes.

Au bout d'un moment, Mazrith descendit de sa plate-forme. Ses yeux gris brillèrent alors que je le regardais retirer son masque.

— Je ne sens aucun Affamé, et mes ombres n'en trouvent pas non plus sur notre route, dit-il.

Je sentis mon agitation s'apaiser.

— Je me souviens que tu as promis de lire dès que tu

en as l'occasion, me dit-il en regardant la pile de livres de Tait.

Svangrior leva les yeux de sa hache.

— Tu sais lire ?

Je me hérissai, mais il était normal de supposer que je ne pouvais pas. En dehors des aristocrates, rares étaient ceux qui le pouvaient.

— Kara m'a appris les bases.

— Comment a-t-elle appris ? demanda Tait, suffisamment intéressé pour lever les yeux de son volume.

— Elle était servante dans une famille dont le fils avait le même âge. Il partageait ses leçons avec elle. Jusqu'à ce que sa marque runique se dévoile et qu'elle soit conduite au palais.

Tait acquiesça et se remit à lire. Mazrith prit le livre en haut de la pile.

— La Forge des pierres précieuses.

Il me le tendit, puis prit le suivant.

— Je serai dans ma cabine.

Tandis qu'il s'éloignait, Frima posa son épée.

— Pourquoi lisez-vous tous des livres sur la forge ? Des bijoux pour le mariage ? demanda-t-elle en me décochant un sourire.

Je jetai une œillade, mal à l'aise, en direction de la porte de la cabine qui venait de se fermer, et je la vis s'entrouvrir.

— Occupe-toi de tes affaires, Frima, dit la voix de Mazrith.

Elle fit une grimace après que la porte se fut refermée.

— Il est de bonne humeur, aujourd'hui.

Le groupe devint silencieux, tandis que chacun se consacrait à sa tâche sur la chaloupe descendant le fleuve. De temps en temps, Brynja nous préparait du thé à l'ortie à l'aide d'un petit brasero situé près de la proue du bateau, et on distribua du fromage à pâte dure et du pain mou pour le repas. Mazrith ne quitta pas la cabine, même pour manger.

Ma lecture me donna sommeil : seuls deux tiers des mots m'étaient familiers, et rien n'était très intéressant. J'étais tout à fait d'accord avec Voror pour dire que nous ne pouvions pas forger un nouveau talisman, mais j'étais moins optimiste quant à la possibilité que le talisman original soit caché dans l'arbre d'*Yggdrasil*.

Les visions que j'avais eues jusqu'à présent – celles qui ne concernaient pas les Affamés – étaient toutes liées à la quête du bâton de brume, aussi pouvait-il avoir raison. Quelqu'un me les envoyait, et j'avais envie de savoir qui. La mystérieuse faë de Voror ? Cela semblait être l'hypothèse la plus probable, mais je ne pouvais parler d'elle à personne.

Je fixais le livre ennuyeux et probablement inutile. Mazrith lisait ceux qui parlaient de la magie pour traverser de grandes étendues d'air – qui seraient probablement plus utiles. J'aurais aimé lire le livre sur les bâtons de brume, mais je l'avais bêtement oublié.

Je m'assoupis, la tête dans mes bras posés sur la table, et je me réveillai en sursaut lorsque Svangrior frappa de la hache sur le bois.

— Les portes d'*Yggdrasil* sont proches, dit-il à voix haute. Je vais chercher Maz.

La rivière-racine s'était refermée sur nous, et d'épaisses voûtes de feuillage étincelaient au-dessus de nos têtes. Je clignai des yeux, et l'énergie du grand arbre me submergea.

Tait regardait autour de lui, très excité.

— Tu étais déjà venu ? lui demandai-je.

— À l'arbre, oui, une fois. Mais jamais à une autre Cour.

— Pourquoi es-tu venu, la dernière fois ?

Une ombre passa sur ses traits.

— Le Roi m'avait conduit ici. Il voulait voir s'il était plus puissant de filer des ombres dans un lieu si sacré.

Cela piqua ma curiosité.

— Et ? Les ombres étaient plus puissantes ?

— Non, dit Tait dont le visage habituellement détendu se crispa. C'était extrêmement désagréable, et cela a abouti à un bâton inutilisable et à des dommages importants à une partie de l'arbre sacré. Je regrette énormément ce que j'ai fait, ce jour-là.

— Oh. Je suis désolée.

Son visage s'éclaircit.

— Le Prince Mazrith n'utilisera pas mes compétences pour satisfaire sa cupidité. Ce voyage sera tout à fait différent, rayonna-t-il.

Oui, cette fois-ci, tu risques d'être attaqué par des créatures mortes-vivantes qui voudront te dévorer pour arriver jusqu'à moi, pensai-je. Mais je lui souris.

Le tronc d'arbre géant apparut, et Mazrith nous rejoignit sur le pont. Un silence respectueux s'installa, et seul se faisait entendre le clapotis de l'eau sur la coque du bateau alors que nous nous approchions des portes de la Cour d'Ombre encastrées dans le tronc.

Mazrith fit un geste à Frima qui, avec un sourire reconnaissant, leva son bâton. Le sien était orné d'une queue de scorpion au pommeau et d'une pierre précieuse violette. Des ombres en jaillirent, s'engouffrant dans les braseros de part et d'autre des portes, puis s'écoulant sur les effroyables gravures. Dans un grand craquement, les portes s'ouvrirent.

— La Reine est partie combien de temps avant nous ?

J'eus soudain peur de la croiser à l'intérieur de l'arbre si elle s'était attardée.

— Quelques heures, gronda Mazrith alors que nous franchissions les portes.

— Pourrait-elle encore être ici ?

— J'en doute. Aucun faë ne reste longtemps à l'inté-rieur du grand arbre de vie.

— Pourquoi ?

Nous étions entrés, les portes se refermant derrière nous. Je regardai autour de moi les lumières sereines et douces, les statues blanches colossales et le feuillage vert tendre.

— On devient... mal à l'aise.

Les deux autres faës lui adressèrent des regards d'as-sentiment, mais ne dirent rien. J'espérais que Voror ne ressentirait pas la même chose, car il prévoyait de rester ici aussi longtemps que nous à la Cour de Glace.

Comme s'il m'entendait, la voix de l'oiseau entra dans mon esprit.

— Je suis extrêmement à l'aise dans cet endroit, dit-il.

Je levai les yeux tandis que nous passions doucement devant les statues, essayant de le repérer.

Espérant qu'il n'était pas trop loin pour m'entendre, je pris la parole.

— Bonne chance, et sois prudent.

Brynja me jeta un regard, et je lui adressai un sourire gêné.

— Une prière aux dieux, mentis-je.

— Il n'y a pas d'endroit plus sûr. Et je n'ai pas besoin de chance. Toi, en revanche, tu as besoin de toute celle que les dieux pourront t'accorder, répondit Voror.

Je restai impassible, chassant mon sourire sarcastique.

— Nous nous revoyons bientôt, Reyna, dit-il, sa voix mentale un peu plus douce que d'habitude. Et j'espère que tu auras mérité d'autres tresses quand je te reverrai.

Je souris. Il n'était pas là depuis longtemps, mais il était à mes côtés quasiment depuis que ma vie avait basculé. Il allait me manquer, même seulement quelques jours. Quelques jours de jeux mortels conçus pour tuer des humains.

Trop tôt, nous arrivâmes aux immenses portes de la Cour de Glace. À notre approche, les braseros de chaque côté s'animèrent, brûlant d'un bleu ardent. Dans un grincement, les portes s'ouvrirent, révélant la rivière-racine de l'autre côté.

Je me tendis, m'attendant à une attaque des Affamés, mais la voie d'eau était vide.

Comment les Affamés se déplaçaient-ils entre les Cours ? L'idée qu'ils puissent passer par l'arbre me semblait tout à fait impossible.

La température baissa dès que nous eûmes franchi le portail, et l'air ne sentait plus les baies et la terre, mais une odeur fraiche et propre de sapin, bien qu'il n'y ait pas d'arbres autour de nous.

Je m'approchai de Mazrith, près de la figure de proue du serpent sculpté.

— Voror reste dans l'arbre, dis-je à voix basse. Il ne peut pas survivre aux climats froids.

Mazrith me regarda avec une lueur d'inquiétude.

— Il t'a aidée à de nombreuses reprises. C'est dommage de perdre son assistance.

— Je suis d'accord. Mais il veut chercher les escaliers secrets pendant qu'il est là, dis-je en haussant les épaules. Il pourrait avoir raison et trouver quelque chose d'utile.

Les yeux du Prince se plantèrent dans les miens.

— Nous devons continuer à chercher un autre moyen.

— Je suis d'accord. Mais je ne pense pas qu'il soit possible de fabriquer une autre amulette, à moins que vous ne connaissiez un dieu qui puisse l'enchanter quand on l'aura finie.

Il soupira.

— Tu as peut-être raison.

— Vous avez réussi à apprendre à voler, à la place ?

Il ne leva pas les yeux au ciel, mais le regard qu'il me jeta signifiait la même chose, j'en étais sûre.

— On ne peut pas simplement voler jusqu'à l'île de *Corvétoile.*

— Vous dites cela comme si c'était simple de voler.

— Un bâton de brume peut accorder ce pouvoir, murmura-t-il.

— Dommage qu'on soit obligés d'aller sur *Corvétoile* pour en avoir un.

J'étouffai un bâillement.

— On arrive dans combien de temps à la Cour de Glace ?

— Ce tronçon de rivière est long. Dans un peu moins d'un jour.

Je dus montrer ma réaction, car son visage s'adoucit.

— Dors un peu dans la cabine. Je reste ici pour surveiller les ennemis.

— Je vais lire d'abord, promis-je.

Son regard me dit qu'il ne me croyait pas.

CHAPITRE 16

REYNA

J e dormis quelques heures dans le lit chaud, et lorsque je me réveillai à des coups frappés à la porte, il ne faisait aucun doute que nous approchions de la Cour de Glace. Je pouvais voir mon propre souffle blanchir devant mes yeux alors que je m'extirpais à contrecœur des fourrures. La porte s'ouvrit, et Frima entra, tenant une brassée d'autres fourrures. Elle portait une cape noire à capuchon qui se fermait devant par des boutons en forme de scorpion argenté.

— Tiens.

Elle me jeta une fourrure, puis s'en alla. Je ne fus pas surprise de voir que les boutons de la cape qu'elle m'avait donnée étaient de minuscules hiboux, comme au bout de ma tresse. En revanche, je m'étonnai qu'ils me plaisent autant. Lorsque je m'habillai et mis la cape, je découvris qu'elle avait des poches profondes où je trouvai des gants de cuir épais doublés de fourrure, ainsi qu'une écharpe fine. Je la laissai dans la poche, enfilai les gants et sortis sur le pont.

Le ciel au-dessus de nous était d'un gris pâle, et les rives de la rivière-racine étaient plus basses qu'auparavant. Des blocs de glace flottaient dans l'eau, et je n'entendais qu'un léger bruit sourd de temps en temps, lorsqu'il y en avait un qui heurtait la coque de notre embarcation. Mazrith se tenait toujours près de la figure de proue du serpent et parlait avec Tait.

Brynja s'empressa de m'apporter du thé et une pâtisserie qu'elle tenait maladroitement avec d'épais gants.

— Merci. Tu as bien dormi ?

— Très bien, madame, dit-elle sans conviction. On n'a jamais connu de telles températures à la Cour d'Or.

Ses lèvres étaient pâles, malgré les épaisses fourrures qu'elle portait.

— Retourne dans la cabine, nous n'avons besoin de rien d'autre.

Elle ouvrit la bouche pour protester, puis la referma et fit une révérence.

— Merci, madame. Veuillez m'appeler si quelqu'un a besoin de quoi que ce soit.

— Je le ferai.

J'allai rejoindre Mazrith et Tait.

— C'est encore loin ?

Tait vibrait presque d'énergie.

— D'un moment à l'autre.

J'avais à peine terminé mon thé que la rivière-racine s'ouvrit complètement après un virage.

De l'eau glacée s'étendait à perte de vue, semée de

gros glaciers de trente pieds de haut et d'icebergs larges et plats. Le bateau navigua dans les canaux étroits entre les îles gelées, et je contemplai les imposants murs de glace bleue au fur et à mesure que nous les dépassions. Des animaux dodus étaient allongés sur les icebergs, clignant de leurs yeux noirs aux cils épais pour nous regarder passer avec un léger intérêt.

Au loin, j'aperçus un immense palais de glace taillé dans le flanc d'un énorme glacier, dont les flèches et les tourelles scintillaient dans la lumière pâle. Je dus plisser les yeux, tant mes yeux s'étaient habitués à la pénombre. Les trois faës d'ombre, ainsi que Tait, avaient rabattu leur capuchon sur leurs yeux, et je fis de même.

— On va au palais ? soufflai-je.

— Nous irons là où on nous conduira, dit Mazrith en pointant le doigt vers l'avant.

Je me penchai sur le côté pour voir que les icebergs bougeaient. Les glaciers imposants semblaient figés, mais les grandes étendues de glace solide se déplaçaient, forçant notre bateau à suivre le chemin qu'ils choisissaient.

Bientôt, notre bateau glissa à travers un canal jusqu'à une crique isolée au fond d'un glacier d'un bleu éclatant. Une cascade descendait des hauteurs sur notre droite, se déversant dans la crique, peignant des arcs-en-ciel fugaces dans l'air, avec ses embruns.

— C'est magnifique, soufflai-je.

— Incroyable, surenchérit Tait, la voix émerveillée.

— Il fait un froid de chien, dit Svangrior.

Je m'agrippai au bastingage et vis un groupe de

personnes sur le rivage de la crique, qui était fait de glace cristalline. Nous la heurtâmes, et le bateau s'immobilisa.

— Prince Mazrith de la Cour d'Ombre, tonna une voix inconnue.

Mazrith pressa son masque sur son visage, puis sauta par-dessus le bastingage du bateau, descendant sur la glace. Frima et Svangrior le suivirent. Je regardai Tait.

— Ils ne veulent pas me voir, sourit-il. Vas-y.

Avec une inspiration, et beaucoup plus de précautions que les autres, j'enjambai la balustrade.

Il n'y avait que quelques mètres jusqu'à la glace, mais je glissai.

Un groupe de faës à la peau grise et aux cheveux bleus, à peine vêtus, se tenait devant nous, l'homme à leur tête tenant un parchemin. Regardant derrière eux, je vis un tunnel creusé dans la glace, pour sortir de la crique.

L'homme prit la parole.

— Le Roi et la Reine Verglas vous accueillent pour le *Leikmot*, mais quand ils ont appris la façon dont Lady Kaldar et ses proches avaient été traités, ils ne veulent plus recevoir de visiteurs dans leur palais.

Mazrith, Frima et Svangrior échangèrent un regard.

— Nous insistons donc pour que vous restiez à bord de votre vaisseau pendant toute la durée de votre séjour. Une salle de banquet a été érigée pour vous accueillir ce soir.

— Merci, dit poliment Mazrith. Où sont amarrés la Reine de la Cour d'Ombre et son contingent ?

Le faë de glace dissimula à peine un rictus.

— Sa flotte était importante, on lui a donc proposé une crique plus grande. Il n'est pas prudent de rester en haute mer ici. D'anciennes créatures rôdent dans les profondeurs.

Je poussai un soupir de soulagement. En même temps, mon cerveau conjura des images terrifiantes de monstres marins pour ajouter à mes cauchemars.

Cela me convenait parfaitement de ne pas partager une crique avec la Reine.

— Et les autres champions ? demanda Mazrith.

— Lord Orm se trouve à quelques glaciers à l'ouest, et Lord Dakkar à la même distance à l'est. On viendra vous chercher et on vous escortera au bal dans quelque temps.

Deux femmes derrière lui firent un pas en avant, tirant un tonneau.

— Le Roi et la Reine vous offrent leur hospitalité.

Ils s'éloignèrent du tonneau. Mazrith fronça les sourcils, mais Tait appela du bateau :

— Merci !

Tous les faës de glace levèrent les yeux vers lui, et il les salua avec enthousiasme. Je fus presque sûre que les lèvres de Mazrith tressautèrent d'amusement. Les faës de glace inclinèrent encore une fois la tête, puis, comme un seul homme, tournèrent les talons et disparurent dans le tunnel.

— Qu'est-ce qu'il y a dans le tonneau, Tait ? appela Frima.

— Du feu liquide !

Le feu liquide s'avéra être une huile très similaire au combustible des braseros de la Cour d'Ombre, à l'exception du fait qu'elle brûlait beaucoup plus fort et propageait sa chaleur beaucoup plus loin, d'une manière ou d'une autre.

— Nous utilisons une variante de ce produit, qui a été développé dans la Cour de Feu, expliqua Tait, en s'activant sur le pont. À l'époque où le commerce était florissant entre les Cours, les faës de glace savaient qu'ils devaient garder les visiteurs en vie, et ils ont donc appris à le fabriquer eux-mêmes.

— Heureusement pour nous, dis-je.

Étrangement, cette crique à la voûte basse et la chaleur du feu liquide rendaient l'atmosphère douillette.

Brynja, au moins, avait retrouvé le sourire.

— Madame, nous devons vous préparer pour le bal.

Je gémis.

— Je me fais déjà trop remarquer. Je ne peux pas y aller avec mes propres vêtements ?

— Non, dit Frima. Je vais mettre ma robe, vous devez faire de même.

Je soupirai et suivis Brynja jusqu'à ma cabine. J'ouvris la porte et me figeai. Mazrith était debout devant un coffre ouvert, torse nu.

J'avais l'habitude de voir sa forme imposante recouverte de tissu, et je fus stupéfaite de constater à quel point il était encore énorme sous toutes ces fourrures et son armure. Énorme et ferme. Et sculpté. Et dur…

— Peux-tu revenir dans une minute ?

Ses yeux tourbillonnaient d'ombres quand je détournai mon regard de son ventre solide en clignant des paupières.

Je ne répondis pas, me contentant de claquer la porte. Brynja me regarda, les yeux écarquillés.

— Nous allons attendre ici une minute.

Elle hocha la tête en silence.

Mazrith sortit quelques minutes plus tard, en toge faë noire ornée d'argent, gants luxueux et bottes qui lui arrivaient presque aux cuisses.

— La cabine est libre, dit-il.

Sa voix semblait plus grave, plus rauque, et j'évitai son regard en me précipitant à l'intérieur.

Je laissai échapper une longue expiration et m'assis sur le lit.

Comment était-il possible qu'un torse nu fasse palpiter mon cœur à ce point ?

Parce que tu sais ce qu'il pourrait te faire ressentir. Mon rêve déferla dans mes souvenirs.

Mais ce n'était pas réel. Pour ce que j'en savais, le vrai Mazrith n'était pas doué pour plaire à une femme.

Cette idée resta moins d'un battement de cœur dans ma tête. Chaque mot qu'il m'avait dit était réel. Ses ombres étaient réelles. Ce corps énorme et ferme était réel.

— Madame, voici votre robe pour ce soir.

Brynja me tira de mes pensées en brandissant quelque chose de volumineux et bleu qu'elle venait de sortir d'un coffre.

— Génial, dis-je sans vraiment regarder.

Elle l'étala par terre et me demanda de marcher au milieu, puis la remonta sur mon corps et entreprit de me la lacer dans le dos. Je baissai les yeux vers la jupe et me figeai.

— Par les Nornes, c'est... c'est magnifique.

Elle était faite d'un tissu bleu chatoyant qui semblait briller de sa propre lumière. Des couches de tissu transparent et vaporeux constituaient la jupe, chacune plus claire que la suivante, dans un dégradé allant du bleu nuit en haut au givre pâle à l'ourlet. De minuscules cristaux étaient brodés dans chaque volant, de sorte que lorsque je la fis tournoyer avec hésitation, j'eus l'impression que les étoiles elles-mêmes avaient été capturées sous le tissu.

— Vous êtes très belle dedans, dit-elle.

Il y avait un petit miroir au-dessus de la bassine dans le coin, mais il n'était pas assez grand pour que je puisse voir l'ensemble. Je vis cependant que le bustier avait un décolleté plongeant en forme de cœur qui laissait entrevoir plus que ce que j'aurais voulu.

Brynja me tendit de nouveaux gants, en délicate soie bleu argenté, qui m'arrivaient aux coudes et brillaient eux aussi d'un éclat glacé.

Elle mit moins de temps que d'habitude à me coiffer

et à me maquiller. Je supposai qu'elle commençait à avoir de l'entraînement.

— Vous savez, vous pourriez avoir votre place parmi eux, un jour.

Je fronçai les sourcils.

— Je ne suis pas sûre d'en avoir envie. Cependant, je ne pense pas que les faës sur ce bateau soient nos ennemis.

Je lui lançai un regard que j'espérais rassurant.

Elle ne répondit pas, mais elle sourit.

Lorsque je sortis sur le pont, cette conversation banale s'arrêta net. Frima me décocha un large sourire, et Svangrior un regard noir. Tait hocha la tête joyeusement, et Mazrith me regarda fixement. Très fixement.

— Je pensais que tu n'aimais pas les robes, dit-il lorsque je les rejoignis tous à la table.

Brynja portait mon manteau derrière moi, mais la chaleur du feu liquide était telle que je sentais à peine la morsure du froid sur mes épaules nues.

— Je n'aime pas ça.

— Eh bien, tu sais les porter, dit Frima.

— Merci.

Mazrith se leva brusquement.

— Je voudrais te montrer quelque chose, dit-il brusquement.

Frima pouffa.

— Sans aucun doute.

Il lui lança un regard noir, puis se dirigea vers la cabine.

— Je crois qu'il faut le suivre, dit Frima dans un faux murmure.

— Oh.

Ce fut avec une légère inquiétude que je suivis le Prince.

CHAPITRE 17

REYNA

Le soulagement me submergea quand je vis Mazrith tout habillé dans la cabine à mon arrivée, mais cela fut de courte durée lorsque je remarquai l'expression sur son visage, et je ressentis alors une chaleur brûlante et une envie pressante de fuir et me cacher.

Si j'avais eu des doutes que le Prince faë était attiré par moi, ce n'était plus le cas maintenant. Le désir était gravé sur ses traits, et ses yeux brûlaient de convoitise.

— Je croyais que vous aviez dit qu'on ne pouvait pas…, commençai-je.

Mais il me coupa la parole.

—Armure ! aboya-t-il.

— Quoi ?

— Ton armure est prête.

Je clignai des yeux, essayant d'arrêter de l'imaginer franchissant la distance qui nous séparait pour écraser ses lèvres sur les miennes.

— Mon armure ?

— Oui.

— Je... Je porte une robe.

Je ne savais pas quoi dire d'autre, l'esprit ralenti par mes joues enflammées et mon corps rempli de chaleur.

— Je ne veux pas que tu ailles au bal désarmée, alors je voulais te donner ça maintenant.

Sa voix était pleine de tension, et il tendit la main. Je fis un pas timide, pour voir ce qu'il tenait.

Cela ressemblait à des serres argentées, avec d'étranges anneaux métalliques. Je tendis la main pour en toucher une et je reçus une décharge de chaleur à travers les gants de soie. Je me mordis la lèvre pour étouffer un soupir. Ses pupilles se dilatèrent à cette petite réaction, ses yeux se posant sur ma bouche.

— Qu'est-ce que c'est ? demandai-je, essoufflée.

— Ce sont des serres à doigts. Conçues spécialement pour toi.

Il lâcha tous les objets métalliques sur le lit, sauf un, puis il me prit l'index et fit glisser la griffe dessus. Il pressa les petits anneaux de métal autour de mon doigt, et je le regardai faire fixement. L'arme était articulée, de sorte que lorsque je repliai le doigt, la griffe plia avec lui, et l'extrémité semblait tranchante comme une lame de rasoir.

Je levai les yeux vers sa figure toujours aussi pleine de chaleur.

— Elles te plaisent ?

— Oui.

J'essayai de calmer mon cœur qui battait la chamade.

— Un oiseau de proie.

Il acquiesça.

— Elles sont enchantées pour ne pas te blesser, seulement tes ennemis.

— Merci, dis-je.

Deux mots différents se bousculaient dans ma tête.

Encore et encore, comme si j'étais dans un brouillard et que je ne percevais plus qu'en partie ce que se passait autour de moi.

Embrasse-le.

Embrasse-le.

Embrasse-le.

Je me hissai sur la pointe des pieds. Ses mains me saisirent la taille, m'attirant contre lui.

— Ce n'est pas sage, dit brutalement Mazrith, même si ses doigts se resserraient.

— Je sais, soufflai-je.

Mais mes mains avaient bougé toutes seules pour se poser contre sa poitrine et sentir son cœur battre sous mes paumes alors que je penchais mon visage vers le sien.

— Il ne faut pas, dit-il, la voix éraillée.

Je ne répondis pas. Je ne pouvais pas. Le mantra dans mon esprit noyait toute raison. Mon corps bougeait tout seul, poussé par un besoin instinctif que je ne pouvais nier.

Embrasse-le.

Embrasse-le.

Embrasse-le.

Ses doigts s'enfoncèrent dans le tissu de ma robe.

— Il ne faut pas, dit-il à nouveau.

Mais sa protestation était faible. Ses yeux se posèrent sur mes lèvres, qui n'étaient plus qu'à un souffle des siennes.

Je glissai les mains autour de son cou, passant mes doigts dans les petits cheveux sur sa nuque. Son étreinte se resserra sur moi, et un gémissement lui échappa. Ce bruit anéantit le peu de retenue qu'il me restait.

Je pressai ma bouche contre la sienne, me délectant du feu délicieux qui parcourut mes veines à ce contact. Les siennes dansèrent contre les miennes avec la même faim. Le baiser s'approfondit aussitôt, fiévreux et exigeant. Toute pensée à propos des conséquences s'envola, et il n'y eut soudain plus que la façon dont nos corps s'efforçaient de se fondre l'un dans l'autre.

Mazrith me plaqua contre le mur, m'épinglant sous son corps. Je passai une jambe autour de ses hanches, le serrant plus fort contre moi. Il gémit dans ma bouche, ses mains parcourant mon corps sans relâche, enflammant ma peau, laissant des traînées de chaleur dans leur sillage. Je haletai dans sa bouche lorsque ses doigts effleurèrent mon sein à travers le corset rigide.

J'étais étourdie et à bout de souffle, perdue dans la sensation délicieuse de son corps ferme contre le mien, de ses lèvres et de ses mains qui enflammaient ma peau.

Il interrompit brusquement le baiser et appuya son front contre le mien, me transperçant et m'enflammant de ses yeux remplis d'ombres tourbillonnantes. Je le fixai en hoquetant.

— Il faut qu'on arrête, dit-il, sans pour autant faire mine de s'éloigner.

— Je sais, répétai-je.

Mais mes mains glissèrent sous sa toge, caressant la peau de son ventre ferme. De la chaleur se répandit entre mes jambes. Avec un grognement, ses lèvres retrouvèrent les miennes. Le baiser fut plus rude cette fois, empreint de frustration et de désir. Je me délectai de ce baiser, avide de sa passion et du besoin intense qui m'habitait et qui frôlait la douleur.

— As-tu la moindre idée de l'effet que tu me fais ? murmura-t-il contre mes lèvres.

Oui. Je pouvais le sentir, dur, énorme et prêt, pressé contre mon corps.

Ses mains glissèrent plus bas, ses doigts courant sur mes fesses.

— Tu vas me tuer, *Gildi.*

Au moment où il prononça ces mots, une étincelle de lumière jaillit entre nous. Nous nous figeâmes tous les deux, puis regardâmes une rune d'or s'envoler de sa joue, suivie de deux autres.

Il recula, me lâchant comme si je l'avais brûlé.

— Quoi... pourquoi...

Mes mots sortaient difficilement, mon esprit embrumé par la luxure et la confusion.

— Il faut arrêter, dit-il brutalement.

On frappa fort à la porte, et la voix de Frima se fit entendre.

— Euh, désolée de vous interrompre, mais les faës de glace sont là pour nous accompagner.

Au fond de moi, j'étais reconnaissante que nous ayons été interrompus, mais une autre voix hurla de protestation dans mon esprit. Mon corps était enflammé de désir, et mon esprit s'agitait de questions.

Pourquoi des runes s'étaient-elles envolées de sa peau ? Et pourquoi cela l'inquiétait-il tant lorsque cela se produisait ?

Il se pencha par-dessus moi et ouvrit la porte, faisant sursauter Frima de l'autre côté.

— Nous arrivons.

Il referma la porte et me regarda.

— Le destin de ma Cour, et peut-être même d'*Yggdrasil,* si ma belle-mère est aussi tordue que je le crois, dépend de notre capacité à trouver ce bâton de brume.

Il déglutit, les yeux flamboyants.

— Nous avons failli laisser notre convoitise et notre tempérament nous interrompre dans cette quête. Nous ne devons pas céder à des désirs superficiels.

J'aurais voulu ne pas ressentir une telle piqûre à ces mots. Nos désirs *étaient* superficiels. Ce n'était pas comme si je l'aimais, pour l'amour d'Odin. C'était mon corps qui désirait tant cette proximité.

Mensonges.

Tu le respectes. Et tu n'avais jamais autant respecté quelqu'un. Je fis taire ma petite voix intérieure et je me forçai à parler.

— Vous croyez qu'une telle intimité provoquerait des désaccords ?

Une fois encore, ses yeux brillèrent, et je sus qu'il y avait plus que cela.

— Je crois qu'il ne vaut pas la peine de prendre le risque.

Je soutins son regard. Il ne mentait pas. Je le crus sincère : si nous cédions à la passion, cela représentait un risque. Mais il omettait souvent la vérité.

Je ne pensais pas qu'il parlait vraiment du risque qu'il venait d'expliquer. Il y avait autre chose.

— Ils s'énervent, Maz ! Il faut y aller !

Avec un grognement de contrariété, il me dépassa et ouvrit la porte, puis s'arrêta.

— Les serres à doigts, dit-il en désignant d'un signe de tête l'endroit où les autres étaient posés sur le lit. Ne les oublie pas.

— Mazrith, je...

— Nous parlerons. Mais pas ici, et pas maintenant.

Je laissai échapper un souffle lorsqu'il quitta la cabine.

Je ne savais même pas que j'étais capable d'éprouver autant de sentiments aussi intenses. L'émotion, l'incompréhension, le *désir*. C'était trop.

Mais je n'avais pas le temps de m'occuper de ça. Je devais assister à un autre putain de bal.

CHAPITRE 18

REYNA

Nous suivîmes en silence les deux faës de glace envoyés pour nous escorter dans le tunnel du glacier. Loin de la chaleur du brasero, le froid était mordant, et j'étais reconnaissante d'avoir mon épaisse cape. J'avais glissé les serres dans ma poche profonde, n'étant pas certaine de ne pas griffer ou blesser les gens autour de moi tant que je ne m'étais pas entraînée à les porter.

Lorsque nous émergeâmes de l'autre côté du tunnel, j'en eus le souffle coupé. Un iceberg immense se dressait devant nous, entouré d'autres glaciers qui devaient accueillir les autres bateaux, et coiffé d'un bâtiment entièrement fait de glace. C'était une version plus petite du palais que j'avais vu, réalisai-je, bouche bée.

Il scintillait sous le crépuscule encore pâle, ses flèches de cristal s'élevant vers le ciel bleu sombre. Des murs lisses en blocs de glace avaient été sculptés, disposés ensemble, renforcés par de gracieuses arches partout où je regardais.

Un pont de glace complexe, heureusement opaque, nous conduisit du glacier à l'iceberg, et nous vîmes d'autres faës à mesure que nous nous approchions des jardins aux alentours. Des labyrinthes de haies émergeaient d'énormes amas de neige, bordés de sculptures de glace représentant des animaux de la forêt et des créatures marines. On voyait çà et là des topiaires couvertes de givre, et un vieil arbre aux feuilles argentées se dressait tout seul dans une cour.

Tait regardait autour de lui, bouche bée, tandis que nous approchions de l'entrée principale – une haute arche ouverte sans portes – et j'eus l'impression que Frima luttait pour ne pas laisser transparaître l'émerveillement sur son visage tandis que nous montions les marches en verre et entrions dans le hall.

Des cascades gelées dévalaient de deux murs incurvés, d'une glace transparente et parfaitement lisse. Au fond de l'unique salle, une estrade ovale accueillait deux trônes de glace, incrustés de pierres précieuses et de givre, chacun surmonté d'une haute arche savamment sculptée.

Des escaliers en colimaçon montaient vers un étroit balcon depuis la salle de bal à intervalles réguliers, avec des marches en blocs de glace polie et des balustrades si fines qu'elles semblaient sur le point d'éclater à la moindre pression.

Mais ce qui attira le plus mon attention, ce fut le sol. Une immense plaque de glace, claire et lisse, au-dessus d'un ravin rempli d'eau glacée qui brillait d'une lumière éthérée.

Une réponse aux rivières de sang sous la salle du trône de la Cour d'Ombre, peut-être? Mal à l'aise, je gardai le regard bien haut, sur les plus belles décorations de l'espace caverneux.

Depuis un balcon perché au-dessus de la galerie, un orchestre jouait une musique carillonnante qui se répercutait dans la pièce et me semblait presque sinistre. Des couples dansaient sur le sol de glace, glissant sur sa surface polie. Les femmes aux cheveux bleus portaient des robes de soie argentée et de dentelle dont la couleur se confondait avec leur peau pâle, leurs visages dissimulés derrière des masques d'oiseaux – cygne, corbeau ou colombe, pour la plupart. Les hommes ne portaient pratiquement rien d'autre que leurs masques, et toute cette chair tonique exposée aux regards me chauffa les joues. Il semblait qu'ils n'avaient pas besoin d'autre chose que d'un pagne de fourrure à la taille et d'un masque à l'effigie d'un renard ou d'un loup, même dans le froid intense.

Des lumières magiques scintillaient dans les cascades gelées, jetant des nuances chaudes sur le sol froid.

Un thrall s'approcha, ses longs cheveux bruns attachés et son corps étroitement enveloppé dans des fourrures rougeâtres. Il brandit un plateau recouvert de boissons pétillantes roses.

J'en pris un avec reconnaissance tandis que Svangrior lui lançait un regard suspicieux. Je laissai échapper un sifflement de surprise lorsque le verre à pied me piqua la peau à travers mes gants. Le thrall me jeta un regard entendu.

— Les verres sont en glace, madame, et ils fondent vite, chuchota-t-il.

— Merci du conseil.

Mazrith et Frima en prirent chacun un, et je bus rapidement une gorgée du récipient glacé.

— Par les Nornes, c'est bon, soufflai-je, surprise de vider mon verre aussi rapidement.

La coupe était, en effet, en train de disparaître sous mes doigts engourdis. Le thrall brandit un plat d'argent, et chacun y déposa son récipient qui commençait à fondre.

— Cet endroit ne m'inspire pas confiance, dit Svangrior en jetant un regard noir dans le dos du thrall tandis que nous marchions vers un groupe d'invités.

— Rien ni personne ne t'inspire confiance, murmura Frima.

Sa robe était blanche et courte, avec une longue traînée de dentelle qui lui donnait de l'élégance. Son regard s'attarda sur les torses nus qui nous entouraient.

— Détends-toi, Svangrior. Amuse-toi un peu, dit-elle en lui donnant une tape sur l'épaule.

Il la dévisagea, puis se dirigea vers les tables qui gémissaient sous le poids de bols de nourriture que je ne reconnaissais pas, pour la plupart. Elle haussa les épaules.

— Je parlais de quelque chose de plus excitant que la nourriture, mais peu importe.

Elle regarda Mazrith.

— Allez-vous garder un œil sur Tait, ou dois-je le faire ?

Le filombre était déjà en pleine conversation avec deux femmes faës de glace portant d'énormes masques de cygne.

Avant que Mazrith ne puisse lui répondre, un cor retentit, et tous les bavardages s'éteignirent tandis que la musique s'arrêtait net. Deux faës, qui ne pouvaient être que le Roi et la Reine de la Cour de Glace, traversèrent l'arche à grandes enjambées. Le Roi Verglas s'avança dans un tourbillon de fourrure et d'acier, portant un casque serti d'un seul diamant massif. Ses yeux étaient des éclats de citrine pâle, froids et impérieux, et ses pommettes hautes semblaient assez aiguisées pour couper du verre.

La Reine Verglas glissait, gracieuse, à ses côtés, sa peau grise plus pâle que celle des autres faës de glace, et ses cheveux d'un bleu bien plus blanc. Sa robe d'argent filé épousait ses courbes, et des mèches de couleur d'opale et de pierre de lune, pâles comme le givre, se faufilaient dans ses tresses. Ses yeux étaient comme ceux de son mari, tout aussi durs et froids. Je trouvais sa beauté plus intimidante qu'attirante.

Ils montèrent sur leurs trônes, et une vague de froid sembla les suivre dans leur sillage, coupant les souffles et aspirant la chaleur. Le Roi Verglas se retourna pour examiner la foule des visages levés vers lui. À son signe de tête, des flammes s'élevèrent le long des murs de glace, mais le feu était aussi bleu que les glaciers à l'extérieur.

— Nous vous souhaitons la bienvenue, dit la Reine Verglas en levant les mains, ses doigts aux ongles longs scintillant de saphirs et de diamants. Le *Leikmot* est arrivé jusqu'à nous. Que la fête commence !

À ces mots, la musique reprit. Les faës applaudirent, beaucoup s'inclinèrent, puis les danses, les repas et les discussions reprirent de plus belle.

Je scrutai les visages, à la recherche de ceux que je connaissais. Dakkar et les faës de terre étaient faciles à repérer, leur peau étant beaucoup plus foncée que celle des faës de glace et des faës d'or. La Reine de la Cour d'Ombre se distinguait également, principalement grâce à sa robe noir obsidienne et à la hauteur qu'elle avait atteinte en empilant ses boucles en chignon sur sa tête.

Elle nous adressa un sourire aux dents noires et nous fit signe d'approcher.

— Je suppose qu'il va falloir jouer le jeu, gémis-je.

— Je ne vous envie pas. Je m'assurerai que Tait ne soit ni enlevé ni tué, dit Frima avant de disparaître dans la foule derrière le *filombre*, nous laissant seuls.

Je regardai Mazrith, dont les yeux brillèrent derrière le masque.

Je baissai d'un ton.

— Vous n'avez pas dit un mot depuis que nous avons quitté la cabine. Quel est notre plan ?

— On ne danse pas, grogna-t-il.

Je repensai à notre danse lors du premier bal auquel

j'avais assisté avec lui, et la chaleur se répandit dans mes veines.

— On ne danse pas, acquiesçai-je.

— Nous discutons poliment avec ma belle-mère, nous nous présentons officiellement au Roi et à la Reine, puis tu parles à Dakkar.

Je hochai la tête.

— Y a-t-il quelque chose à savoir à propos des faës de glace ? demandai-je alors que nous marchions vers la Reine Andask et ses sbires.

— Il est un peu tard pour demander, puisqu'ils nous cernent de toutes parts, maintenant.

Je lui lançai un regard, mais, au moins, je lui soutirais autre chose que des réponses hachées ou des mono-syllabes.

— Nous savons peu de choses sur eux, si ce n'est qu'ils aiment les pierres précieuses, qu'ils sont de redou-tables guerriers et chasseurs, et qu'ils coupent les tresses pour en faire des trophées.

— Des trophées ?

— De leurs meurtres.

— Oh.

— Tait pourrait sans doute t'en dire plus sur eux.

— Ce bâtiment est incroyable. Ils excellent manifes-tement dans l'architecture de glace, dis-je en montant le hall d'un geste de la main.

Il grogna.

— Vous ne trouvez pas ?

— Il fait froid.

— Huh. Qui pourrait aimer quelque chose d'à la fois froid et beau ? murmurai-je.

Il me jeta un regard acerbe, mais nous étions arrivés devant la Reine.

— Ah, mon fils ! dit-elle en souriant.

— Belle-mère, répondit-il avec raideur.

Ses courtisans l'entouraient et me jetèrent des regards plissés chaque fois que je les regardai. Je fixai mes yeux sur la Reine.

— Et Reyna, quel plaisir de te voir ! Et tu as l'air si...

Elle me regarda longuement de haut en bas.

— Délectable.

Elle passa sa langue sur ses dents, et je refoulai ma vague de dégoût.

J'étais consciente du regard des autres et je m'efforçai de sourire.

Son regard s'élargit.

— Je suis impatiente de voir quels jeux les faës de glace ont imaginés. N'est-il pas glorieux que nous soyons les premiers de notre famille à être invités à une autre Cour depuis tant d'années ?

Elle décocha un grand sourire à Mazrith.

— Glorieux, acquiesça-t-il, même si son ton indiquait qu'il n'y avait rien de glorieux là-dedans. Passez une bonne soirée, belle-mère.

Il se retourna avant qu'elle ne puisse répondre, et je le suivis avec soulagement.

— Eh bien, c'était plutôt indolore, marmonnai-je, en prenant un autre verre de glace rose à un thrall de passage. Je pensais qu'il faudrait la supporter plus long-temps que cela.

— J'ai peu de patience ce soir, grogna Mazrith.

S'il était moitié aussi tendu que je me sentais, je ne lui reprochais pas d'avoir écourté son interaction avec la Reine.

— Nous devons présenter nos respects au Roi et à la Reine Verglas.

Je le suivis jusqu'au bout d'une file de faës menant au couple royal sur leurs trônes.

— Comment savez-vous comment il faut se comporter quand on rend visite à une autre Cour, si vous ne l'aviez jamais fait ?

— Tait lit. Je lis.

Je penchai la tête vers lui, mais il ne voulut pas me regarder.

— C'est ce qu'aurait voulu votre mère, me rappelai-je.

Il me regarda de côté, les épaules légèrement affaissées.

— Oui.

— Elle n'aurait pas voulu que vous profitiez de l'ex-périence, maintenant que vous êtes ici ?

Il me jeta un regard noir, et je haussai les épaules.

— On ne peut pas nier que cet endroit est magni-fique, dis-je en montrant les flammes bleues qui brûlaient à l'intérieur des cascades gelées, et les balus-trades complexes. Même s'il fait froid.

— Bon. C'est... impressionnant. À sa manière.

Il ne nous fallut pas longtemps pour arriver aux

trônes, et j'imitai Mazrith en m'inclinant très bas devant les membres de la famille royale.

Ni le Roi ni la Reine ne nous adressèrent la parole. Ils se contentèrent d'incliner la tête en retour, avant qu'un courtisan ne nous fasse signe de partir pour laisser la place à l'invité suivant.

— C'est tout ? dis-je alors que nous longions le mur du fond de la salle, près des tables. Même pas un bonjour ?

— Je ne suis qu'un prince et je ne mérite pas qu'on me parle. Si la tradition est respectée, ma belle-mère devrait dîner avec eux officiellement durant notre séjour. Tu as faim ? me demanda Mazrith.

J'acquiesçai, même si je soupçonnais que la sensation de vide dans mes tripes était plus liée à son absence entre mes cuisses qu'à un estomac vide.

— Mais je ne connais rien de tout ça. Je n'avais jamais vu toutes ces choses.

— Attends ici. Je vais nous chercher quelque chose.

Je regardai sa grande forme sombre traverser la pièce à grandes enjambées vers les tables du buffet. Les gens s'écartèrent instinctivement de son chemin, car sa toge noire et ses fourrures sombres se voyaient de loin.

— Quel dommage que vous n'ayez pas pu visiter le véritable palais, dit une voix féminine, qui me fit sursauter et détourner mon regard du Prince.

Une dame faë s'était approchée, portant un masque de paon turquoise qui se distinguait de la plupart des autres noirs et blancs.

— Oh, euh, oui, c'est vrai, dis-je en hochant la tête. Mais ce hall est très beau.

— Vous trouvez ? Alors vous auriez adoré le palais.

Elle regarda son ami, un homme portant un masque de renard avec environ six anneaux d'argent dans ses tétons nus, puis Mazrith près des tables, en train de chercher de la nourriture. Je la soupçonnai fortement de me parler uniquement parce qu'il n'était pas là.

— C'est terrible ce qu'a fait la Reine Andask à la fin des jeux de la Cour d'Ombre.

Sa voix avait un ton scandalisé.

— Je suis d'accord, dis-je à voix basse.

Elle plissa les yeux.

— On dit que le Prince et la Reine Andask ne sont pas toujours d'accord. Qu'il n'a pas non plus apprécié ce qu'elle a fait ?

— Il n'a pas donné son approbation, dis-je prudemment.

Elle réduisit sa voix à un murmure fort.

— Est-ce vrai qu'il était parti combattre une invasion de morts-vivants ?

Son ami se pencha en avant.

— Il n'était pas au palais à ce moment-là, fut tout ce que je dis.

Elle se redressa et poussa un soupir par le nez.

— C'est épouvantable, dit-elle. Vous savez, tout ici, sur ces icebergs, a été construit spécialement pour ces jeux, loin de la Cour, car les faës d'ombre ne sont pas fiables. Tous nos membres les plus puissants ont dû travailler d'arrache-pied pendant des jours pour tout mettre en place, dit-elle d'une voix désapprobatrice. Pauvre Lady Kaldar.

Si elle cherchait des informations, autant que je le fasse aussi. Je pris un ton de conspiratrice.

— Savez-vous sur quel genre de jeux ils travaillaient ?

La faë leva son nez anguleux, puis ses lèvres se tordirent en un sourire. Lentement, elle se redressa et fixa mes cheveux.

— Je vais vous confier un petit secret.

Elle se pencha en avant et murmura :

— Tu n'as rien à faire ici. Dans les jeux, dans cette salle, ou même à *Yggdrasil*, avec des cheveux de cette couleur. Les humains sont bons pour servir des boissons ou préparer nos repas, ou encore protéger nos frontières, et ils ne devraient pas être honorés en combattant les faës et en se mariant avec des Princes.

Je respirai fort par le nez et me mordis la langue.

Ce n'était rien que je n'avais pas déjà entendu. Sauf qu'à l'époque, j'aurais craché des insultes, en sachant qu'en tant qu'*orfèvre*, je n'allais pas être punie trop sévèrement, car j'avais beaucoup de valeur.

Ici, je n'avais aucune valeur. Même la Cour que je représentais souhaitait me voir échouer et ne me croyait pas digne.

Ma main se leva, trouvant l'extrémité de ma nouvelle tresse dans les cheveux qui m'avaient attiré tant de haine inexplicable. Les yeux de la femme suivirent mon mouvement, et son compagnon pouffa.

— De la chance, marmonna-t-il.

Sois digne de la tresse, Reyna. Honneur. Dignité. C'était ce qu'elle symbolisait.

Hurler des insultes à ces faës ne prouverait rien. Mériter d'autres tresses, prouver que j'en étais digne ? Cela effacerait l'arrogance de leur visage.

— Il ne faut pas sous-estimer les humains, dis-je en levant le menton. Et la couleur des cheveux ne révèle rien de l'honneur ou du courage d'une personne.

Lhoris me l'avait dit tant de fois quand j'étais une adolescente rebelle.

Mazrith apparut à grands pas avant qu'elle ne puisse répondre, et j'attrapai l'assiette qu'il me tendit avec gratitude. La femelle lui fit une révérence rapide comme l'éclair, puis s'éloigna en trottinant, l'homme au masque de renard se précipitant à sa suite.

— Elle cherchait des potins, lui dis-je devant son regard interrogateur, reportant le mien sur l'assiette plutôt que sur ses yeux perçants. Maintenant, qu'est-ce qu'on mange ?

CHAPITRE 19

REYNA

— **J**e ne pense vraiment pas qu'il me dira quoi que ce soit, marmonnai-je, tandis que Mazrith m'accompagnait sur la piste de danse maintenant bondée, vers Dakkar et son groupe de faës de terre. C'est mon concurrent.

D'immenses jupes virevoltaient de part et d'autre, et j'aurais voulu me joindre aux danseurs pour pouvoir sentir les bras puissants de Mazrith autour de moi, au lieu d'avoir à parler à d'autres faës qui me trouvaient pathétique.

— Nous ne devrions pas laisser passer cette occasion d'en savoir plus sur les plans de ma belle-mère, répondit Mazrith dans ma tête.

Mais lorsque je me retournai pour lui lancer un regard noir, il avait disparu dans la foule.

Je soupirai et me forçai à continuer.

Lorsque j'arrivai à la hauteur de Dakkar, le groupe de

faës de terre se tut. La plupart me regardèrent froidement, mais Dakkar sourit.

— Orfèvre, me dit-il en guise de bienvenue. Prête pour les nouvelles épreuves de demain ?

— Ça ne peut pas être pire que ce que la Reine Andask avait prévu, répondis-je.

Je cherchai les deux faës que j'avais vus suspendus dans la salle du trône, mais ils n'étaient pas dans le groupe. Un thrall passa avec d'autres verres ; j'en pris un et le vidai.

— Comment se portent vos proches qu'elle avait enlevés ?

Le sourire de Dakkar faiblit.

— Ils sont rétablis. Je crois cependant que mon Roi fera comme la Cour de Glace lorsque notre tour viendra. Il n'y aura pas d'accueil chaleureux chez nous.

J'acquiesçai.

— Je comprends cela. Savez-vous pourquoi la Reine Andask a organisé le *Leikmot* ?

Il fronça les sourcils.

— Pour fêter l'anniversaire de son fils.

— Ce n'est pas son fils, dis-je automatiquement.

Dakkar pencha la tête. Tous les membres de son groupe écoutaient attentivement notre conversation, et je m'efforçais de ne pas les regarder tous.

— Ta présence, non seulement dans ces jeux, mais aussi à la Cour d'Ombre, est très intrigante, déclara le faë de terre.

— Je le pense aussi. Mais le Prince Mazrith n'a rien à voir avec ces jeux, et à vrai dire, dis-je en me penchant d'un air conspirateur, il n'aime guère sa belle-mère.

Dakkar me jeta un coup d'œil.

— Il semblait en colère à propos du piège qu'elle nous a tendu après les épreuves, dit-il finalement.

— Il a de l'honneur.

— Tu dis cela parce que tu es sa fiancée.

— Pas par choix, dis-je.

Pour quelque raison, je me sentis coupable d'avoir dit cela.

— Vraiment ?

Dakkar se rapprocha de moi, intéressé.

— Nous n'imposons pas le mariage dans notre Cour, mais beaucoup trouvent le moyen de prendre ce qu'ils veulent.

Une ombre traversa ses yeux verts.

J'agitai la main.

— Je ne pense pas qu'on impose le mariage à la Cour d'Ombre non plus. Notre situation est un peu compliquée.

Je saisis l'occasion de parler d'Orm.

— En revanche, à la Cour d'Or, on impose le mariage et le concubinage.

Dakkar grogna.

— La Cour d'Or est gangrénée par la cupidité et la luxure.

— Vous n'aimez pas Lord Orm ?

— Il n'y a pas grand-chose à aimer chez lui.

— Pensez-vous... Pensez-vous qu'il savait que la Reine allait enlever nos proches ?

Dakkar s'immobilisa.

— Pourquoi demandes-tu cela ?

— Il n'avait pas l'air aussi surpris ou inquiet que vous et Lady Kaldar.

— Il n'était pas inquiet parce qu'on lui avait pris une putain de babiole en or, pouffa Dakkar.

Je haussai les épaules.

— Je me demandais juste s'il y avait quelque chose entre eux deux.

Les sourcils de Dakkar se haussèrent.

— Entre une Reine faë d'ombre et un Lord faë d'or ?

Il porta son doigt à sa lèvre.

— Mais je parle à une humaine *orfèvre* fiancée à un Prince ombre-faë. Je suppose donc que tout est possible.

Il me regarda encore un moment.

— Je ne sais pas pourquoi votre Reine a organisé ce *Leikmot*. Nous avons reçu une invitation, et les dirigeants de ma Cour ont jugé que cela en valait la peine.

— Et pourquoi lui ont-ils fait confiance ?

Quelques faës derrière lui se mirent à rire.

— Oh, petite humaine. Nous ne lui faisons pas confiance. Mais nous ne pouvons rien apprendre sur nos rivaux si nous restons derrière notre écorce.

Pour quelque raison, Dakkar m'appelait une petite humaine d'une manière moins condescendante que d'autres. Il mesurait près d'un mètre quatre-vingt-dix, alors, pour être honnête, j'*étais* petite.

— Vous êtes donc ici pour découvrir ce qu'elle prépare ?

— Tout comme toi, semble-t-il.

— J'aimerais être là pour ça, murmurai-je.

Je le regardai en face, essayant d'avoir l'air honnête.

— Je suis presque sûre que le but de ces jeux est de me tuer.

— Alors, elle sera peut-être satisfaite.

Je le regardai d'un air renfrogné, et il sourit.

— Jolie tresse, d'ailleurs.

Mon air renfrogné disparut.

— Merci.

Dakkar jeta un coup d'œil par-dessus mon épaule.

— Profite du bal et rendez-vous demain pour les épreuves.

Il me tourna le dos, la conversation étant manifestement terminée.

Je me retournai, m'attendant à voir Mazrith. Mais c'était Orm qui glissait doucement dans ma direction, ses yeux brillant derrière son masque d'or.

— Une danse, je crois, ronronna-t-il lorsqu'il arriva à ma hauteur, me saisissant par le bras.

Ce contact me fit frissonner, et j'essayai de me dégager, mais il m'entraîna vers les faës qui dansaient.

Il m'attrapa par l'autre main, ses doigts se resserrant douloureusement tandis qu'il me faisait maladroitement tournoyer. J'essayai de rester calme, de ne pas lui faire comprendre qu'il pouvait m'atteindre. Mais cela me retournait l'estomac d'être si près de lui.

— J'ai eu du mal à te trouver seule. Tu n'as rien à faire ici, petite humaine, grogna-t-il en baissant la tête vers la mienne.

J'aspirai de l'air lorsqu'il serra mon bras encore plus fort.

— Ta place est dans mon lit, nue, attachée et prête à m'obéir quand j'ai envie de toi.

La fureur m'envahit, et je dégageai ma main, la plongeant dans ma poche. J'écrasai mon pied sur le sien et, avec un grognement, plantai une griffe argentée dans son poignet. Orm glapit en me lâchant, puis grogna de fureur. Il leva une main, manifestement pour me frapper, l'autre cherchant le bâton à sa ceinture. Je titubai en arrière et heurtai quelque chose de dur.

Mazrith.

Ses ombres s'agitèrent autour de moi, et je me serrai plus fort contre sa poitrine, le cœur battant la chamade. La fureur de Mazrith glissa de sa figure quand il leva les yeux vers Mazrith.

Lentement, il baissa la main avec laquelle il s'apprêtait à me frapper, mais garda l'autre sur son bâton.

— Vous voulez l'épouser ? dit-il. Ce sale monstre ?

Mazrith grogna comme une bête, sans dire un mot.

Le visage d'Orm se tordit dans un rictus, et le sang écarlate de la blessure que je lui avais infligée au poignet se répandit sur ses robes blanches, tandis que ses yeux étincelants restaient fixés sur moi.

— Nous nous verrons demain, sans le chien de garde.

Il tourna sur son talon et s'éloigna.

Je me retournai lentement. Mazrith était toujours aussi dur comme un roc, sa mâchoire crispée tandis qu'il regardait Orm traverser le hall.

— Je me débrouillais, dis-je à voix basse.

Je ne sais pas si j'aurais été assez rapide pour esquiver le coup d'Orm, mais il était bien satisfaisant de faire couler du sang – sûr comme Odin.

Mazrith ne me regardait pas, ses yeux toujours fixés sur la silhouette d'Orm qui s'éloignait. Un autre grognement gronda dans sa poitrine.

— Les serres fonctionnent.

Cette fois, ses yeux se posèrent sur les miens.

— Avec moi, ce bâtard ferait plus que saigner, gronda-t-il.

Je posai timidement une main sur sa poitrine, tâchant d'ignorer la secousse d'énergie que je ressentis à ce contact. Son torse dur se raidit encore plus.

— Si vous m'appreniez à le faire plus que saigner, je vous en serais reconnaissante.

Ses épaules imposantes s'affaissèrent un peu, et la veine qui palpitait à son cou se calma tandis qu'il me fixait.

— C'est *ton* ennemi. Pas le mien.

C'était une affirmation, plutôt qu'une question.

Une épiphanie exprimée à voix haute, peut-être.

J'acquiesçai.

— Par deux fois, j'ai pu tenir tête à un Lord faë qui a abusé d'innombrables femmes humaines chez moi. Je leur dois, ainsi qu'à moi-même, de m'assurer qu'il ne blessera plus jamais personne.

La compréhension passa sur le visage de pierre de Mazrith.

— Tu t'assureras que sa virilité ne sente plus jamais rien d'autre que la froidure de l'acier. J'y veillerai.

— Merci.

Une fureur froide dansait toujours dans ses yeux, et je me rappelai que le monde entier prenait cet homme pour un monstre.

— Vous ne me demandez pas vraiment de lui couper la queue, n'est-ce pas ? murmurai-je.

Les hommes comme lui ne méritent pas d'en avoir une.

— Je suis d'accord, mais, honnêtement, ce n'est pas mon style. Et puis, je n'ai pas envie de m'approcher de sa queue.

Mazrith se tendit à nouveau, la colère se lisant sur son visage. Il ouvrit la bouche pour parler, mais j'appuyai plus fort sur sa poitrine et lui coupai la parole.

— Je l'ai fait saigner sur ses belles robes blanches, alors disons que c'est une victoire et voyons ce qui se passera demain, pendant les jeux.

Mon cœur palpitait dans ma gorge alors que nous retournions vers le glacier qui abritait notre crique et notre bateau, et pas à cause de mon altercation avec Orm. Le Lord faë d'or était revenu au bal dans une robe blanche toute neuve, sans tache de sang, mais il ne s'était plus approché de nous. Cela n'avait pas empêché Mazrith d'être tendu pendant le reste de la soirée, ses yeux toujours à la recherche de menaces et dardant vers Orm.

J'avais des frissons dans le ventre quand il me défendait si férocement, et notamment ce soir.

Mais ce n'était pas ce qui faisait bondir mon cœur. Il avait été là pour moi, mais, comme dans la ruelle de Slaithwaite, il avait accepté de me laisser mener mes propres batailles. Il me respectait comme personne ne l'avait jamais fait auparavant, et il avait une foi en ma force que je n'aurais jamais cru possible venant d'un faë envers une humaine. *Ou quel que soit ce que j'étais.*

Il croyait que je pouvais battre Orm. Et il serait là pour lui arracher la tête, ou la queue, si je n'y arrivais pas. La sensation que cela me procurait était si peu familière, et tellement agréable, qu'elle me donnait presque le vertige.

Mais il devenait aussi de plus en plus difficile de prétendre que je n'éprouvais qu'un simple désir physique envers lui.

Lorsque nous montâmes sur le bateau, Mazrith se dirigea aussitôt vers la cabine de Frima et Brynja, frappant à la porte. Brynja, ensommeillée, sortit la tête, les cheveux ébouriffés, puis poussa un cri lorsqu'elle vit la figure renfrognée de Mazrith.

— Tu déménages dans la cabine de Tait. Tout de suite.

Elle acquiesça vivement, puis recula dans la cabine.

Frima surgit à mes côtés.

— Alors, vous avez passé une mauvaise soirée, tous les deux, marmonna-t-elle.

Mazrith se retourna vers nous.

— Frima, avec Reyna. Si quelqu'un entre, vous frappez d'abord, et vous posez les questions ensuite.

— Comme vous voulez, Maz, dit-elle.

Puis elle se dirigea vers sa cabine.

Svangrior soupira et se dirigea vers sa propre chambre.

— Tait, je déménage, Brynja me remplace, dit-il en ouvrant la porte.

Mazrith et moi restâmes debout sur le pont, à nous regarder l'un l'autre.

— Vous ne voulez pas partager la chambre avec moi, hein ? dis-je doucement.

Il réduisit l'écart entre nous à une vitesse surprenante, et un petit soupir m'échappa lorsqu'il me saisit par le menton, levant mon visage vers le sien.

— Je sais quand je peux me contrôler, et quand je ne le peux pas, gronda-t-il.

Il baissa les yeux, parcourant mon corps, les muscles crispés.

— Ce soir, je ne peux pas.

— Est-ce que ce serait si terrible ? chuchotai-je, soudain submergée par tout le désir inassouvi de tout à l'heure.

— Le risque est trop grand, martela-t-il.

La frustration me fit plisser les yeux.

— Vous ne m'avez pas dit la vérité à propos des risques.

Il s'immobilisa, le regard fixe.

— Non, finit-il par admettre.

Il y eut un mouvement derrière lui, et j'entendis Tait marmonner.

— Est-ce que c'est juste ? dis-je, aussi calmement que possible.

— Plus rien n'est juste à *Yggdrasil*, grogna-t-il.

Je crus qu'il s'apprêtait à tourner les talons, mais il s'arrêta. Il me prit par le coude, me lâchant le menton. J'eus le souffle coupé lorsqu'il souleva mon avant-bras.

Avec une douceur douloureuse, il baissa la tête et m'embrassa le poignet, exactement à l'endroit où les runes étaient gravées dans ma peau, sous mon gant de soie.

Un désir, si puissant que je faillis lui attraper la tête entre mes mains, me submergea. Mais il était parti avant que je puisse dire un mot, disparaissant dans la cabine que Brynja venait de quitter.

Frima se tenait dans l'embrasure de la porte de ma cabine et me regardait en secouant la tête.

— Que Freya me vienne en aide ! Vous êtes dans de beaux draps, tous les deux.

CHAPITRE 20

REYNA

Je fus reconnaissante que ce soit Frima qui m'aide à enfiler ma nouvelle armure le lendemain matin. Cela m'aurait troublée d'avoir Mazrith si près de mon corps, et j'avais besoin de garder les idées claires. Et j'avais fini par associer la compagnie de Frima au combat, ce qui était exactement ce dont j'avais besoin avant la première épreuve à la Cour de Glace.

— Ça va? demanda-t-elle en me regardant de haut en bas.

Je roulai les épaules, étonnée par la légèreté des plumes métalliques et par l'aisance avec laquelle elles suivaient mes mouvements.

— Bien.

Mes cuisses étaient gainées de longues bandes claires, ornées de motifs de plumes incurvés, et j'avais enfilé mes griffes sur des gants de cuir noir. Mes cheveux étaient attachés, avec mon habituel bandeau, et j'avais accepté de tracer deux fines bandes de peinture bleu marine en zigzag sur mes joues.

— Alors, allons-y.

Lorsque nous émergeâmes sur le pont, les faës de glace nous attendaient. Mazrith avait insisté pour que Tait reste sur le bateau cette fois-ci, et nous les suivîmes donc tous les quatre dans le tunnel, traversant le glacier une fois de plus.

Un bateau attendait, le pont de glace et le bâtiment de la nuit précédente ayant disparu, remplacés par un iceberg vide.

La dame au paon n'avait pas menti lorsqu'elle avait dit que le paysage bougeait.

Le *karve* avec lequel nous voyageâmes avait une figure de proue en forme de baleine magnifiquement sculptée, et il se déplaça rapidement à travers les canaux dans la glace jusqu'à un grand iceberg recouvert de neige tassée et d'une forêt glacée, des sapins sombres dépassant des amas de poudre blanche.

Le bateau s'arrêta devant des rangées de bancs en glace, qui accueillaient le public des faës. Le Roi et la Reine étaient assis sur des trônes à la tête de la zone d'observation, et je vis la Reine Andask, entourée de ses faës d'ombre.

Orm, Dakkar et Kaldar arrivaient également en bateau, et la foule applaudissait tandis que nous nous dirigions tous vers l'iceberg.

— Bienvenue à la première épreuve du *Leikmot* de la Cour de Glace, dit le Roi, dont la voix est magiquement amplifiée. Il s'agit d'une épreuve d'esprit et de force.

Mon estomac se serra nerveusement tandis que je jetais un coup d'œil autour de moi à la recherche d'indices. Pour ce qui était de l'esprit, j'avais peut-être une chance ; la force, beaucoup moins.

— Je ne vous donnerai aucune instruction, si ce n'est que si vos réparations ne sont pas terminées à temps, il vaut mieux ne pas être à l'intérieur.

Je me renfrognai. Qu'est-ce que cela signifiait ?

Au mouvement de son bâton, les arbres recouverts de neige s'écartèrent, dégageant un chemin dans la forêt, qui menait à quatre petits bâtiments. Deux fois moins grands que les cabines du bateau, ils semblaient faits de blocs de glace empilés les uns sur les autres.

— Entrez, dit le Roi.

Les trois autres faës se mirent en marche sur le sentier menant aux bâtiments. Je jetai un dernier coup d'œil à Mazrith et Frima et les suivis.

Il y avait une rune au-dessus de chaque entrée. Des runes désignant l'or, la terre, la glace et l'ombre. Je me dirigeai vers le bâtiment à la rune d'ombre, consciente qu'il n'était pas normal que je représente la Cour d'Ombre.

Un grand gong retentit alors que nous entrâmes tous prudemment dans nos bâtiments. Une sensation sinistre s'empara de moi lorsqu'un bloc de glace scella aussitôt l'ouverture.

Je bougeai, me cognant contre la glace avec panique, et le sol gronda sous moi. Un craquement se fit entendre, et je me figeai.

Si vos réparations ne sont pas terminées à temps, il vaut mieux ne pas être à l'intérieur.

C'était ce qu'avait dit le Roi. Mes yeux s'adaptaient au changement de lumière maintenant que j'étais coupée de la pâle clarté de l'extérieur, la glace étant suffisamment transparente pour laisser filtrer une lumière bleutée.

Il y eut un autre énorme grondement et d'autres craquements, puis d'énormes blocs tombèrent des murs dans l'espace vide.

J'esquivai et m'écartai de leur trajectoire, mon cœur battant la chamade lorsque les tremblements et les effondrements s'arrêtèrent.

— Commencez les réparations ! Le premier qui sort gagne, dit la voix du Roi.

Reprenant mon souffle, je regardai autour de moi. La lumière pénétrait par six trous, et six énormes blocs gisaient sur la terre enneigée.

L'inquiétude m'envahit. Le trou le plus en hauteur était à un pied au-dessus de ma tête, et les blocs semblaient bien trop lourds pour que je puisse les soulever aussi haut. Les autres concurrents, grâce à leur magie, auraient bien moins de mal.

Je m'accroupis pour ramasser un bloc et le déplacer dans le trou le plus proche et le plus bas.

Il était glacial, même à travers mes gants, et il pesait aussi lourd que je le craignais. Je le traînai jusqu'à un trou sur la deuxième rangée de blocs et je le soulevai pour le mettre en place. La glace glissa avec satisfaction. Je me retournai, prête à ramasser le bloc suivant, mais j'entendis un craquement, puis le bloc vola de son trou et s'écrasa contre le mur opposé. Tout le bâtiment craqua et vacilla, et je retins mon souffle.

Par les Nornes, pourquoi le mur avait-il recraché le bloc de glace ?

Je me penchai pour examiner l'ouverture carrée, à la recherche de ce qui aurait pu le faire glisser. Une rune était gravée en bas, d'un bleu éclatant. *Noire.*

Je me précipitai sur le bloc, cherchant une marque. *Eau.*

Qu'est-ce que cela signifiait ? J'examinai les autres blocs, en les retournant pour vérifier tous les côtés, trouvant les runes sur chacun d'eux.

Tête, Sang, Nuit, Claire et *Arc.*

Je passai en revue tous les mots dans ma tête, les associant à *Noire,* puis je tirai le bloc *Nuit,* mon dos protestant lorsque je le soulevai sur mes genoux, puis l'insérai dans le trou.

Je m'écartai rapidement du chemin, au cas où le bloc volerait à nouveau.

Ce ne fut pas le cas.

Hochant la tête avec satisfaction, et encouragée par mon petit succès, je passai au trou suivant, deux rangées plus haut et un peu plus à gauche. *Voie.*

Cela pouvait correspondre à *Eau* ou *Claire.* Choisissant le plus proche des deux, *Eau,* je poussai sur le sol, puis le soulevai. Mes bras me faisaient mal quand je le soulevai maladroitement jusqu'aux épaules, puis je le glissai dans le trou. Je l'avais à peine poussé jusqu'au bout que le craquement retentit, et je ne fus pas assez rapide. Le sol gronda si fort que je tombai à genoux, les mains tendues pour me stabiliser. Des craquements et grincements retentirent à nouveau au plafond, au-dessus de moi, et je jetai un coup d'œil en l'air. Combien d'erreurs pouvais-je commettre avant que le bâtiment ne s'écroule ?

Je sélectionnai l'autre bloc, le poussai, puis rassemblai, une fois encore, toute ma force pour le soulever dans le trou. Celui-ci resta en place.

Ne voulant pas commettre d'autres erreurs, je décidai d'examiner les quatre autres trous et de les associer aux blocs correspondants avant de gaspiller de l'énergie.

Mort, *Ciel*, *Froid* et une rune que je ne reconnus pas. Me rappelant en sursaut que Dakkar ne savait pas lire, je ressentis une pointe d'inquiétude pour le faë de terre et un élan de gratitude envers Kara.

Pour ceux que je connaissais, j'étais certaine d'avoir trouvé les paires. *Tête* allait avec *Mort*, *Arc* avec *Ciel*, et *Sang* avec *Froid*. En supposant que ces trois blocs correspondaient, je pouvais trouver le quatrième par élimination. J'entrepris de faire entrer les autres blocs dans leurs trous.

Sans croire un instant que j'y arriverais plus vite que les autres, je me demandai ce que les spectateurs fabriquaient dehors. Sans doute, tout cela devait être assez ennuyeux à regarder ?

Comme si on avait lu dans mes pensées, je vis un éclair de lumière au-dessus de moi alors que je tirais un bloc dans la neige. Je levai les yeux juste à temps pour voir le plafond devenir aussi lisse qu'un miroir. Mais au lieu d'y voir mon reflet, je vis la foule, le Roi et la Reine sur leurs trônes, et les délégations de faës en visite qui observaient la scène. Presque aussi vite, l'image disparut à nouveau, ne me laissant pas le temps de chercher Mazrith.

Ils regardaient donc à travers un miroir magique ?

Agacée qu'on m'observe à mon insu, je redoublai d'efforts avec le bloc.

Les deux blocs suivants glissèrent en place sans rejet intempestif, et je m'étonnai que le jeu ne soit pas déjà terminé. Sans doute, un autre concurrent avait déjà mis tous les blocs en place par magie ?

J'avais quasiment renoncé à gagner dès que j'avais senti le poids de la glace, et j'étais simplement contente de ne pas être près d'Orm, ou de quoi que ce soit d'autre qui aurait pu me tuer. À moins que le bâtiment ne s'effondre sur moi. Fallait-il terminer les réparations pour pouvoir sortir ?

Je levai nerveusement les yeux vers le trou le plus haut. Il faudrait que je soulève le bloc au-dessus de ma tête pour le faire entrer, et je n'étais pas sûre que ma force humaine me le permettrait.

Lorsque je plaçai le cinquième bloc dans le trou correspondant, le sol trembla, et la voix du Roi retentit.

— Le premier faë a accompli sa tâche !

Un étrange soulagement m'envahit. De toute façon, je n'aurais pas pu soulever le dernier bloc. Je me tournai vers la porte bloquée, en espérant que ce n'était pas Orm qui avait gagné.

— L'ordre dans lequel vous terminerez donnera des avantages lors d'une prochaine épreuve. Continuez !

— Merde, jurai-je à voix haute en jetant un regard vers le plafond.

Avant même que je puisse m'accroupir pour ramasser le bloc suivant, le sol gronda de nouveau, et tout le bâtiment se mit à trembler autour de moi.

—Eh !

Je n'avais pas fait d'autres erreurs, alors pourquoi le bâtiment tremblait-il ?

En attendant que cela s'arrête pour que je puisse soulever mon bloc, je me stabilisai avec ma main sur le trou. Mais quand je le touchai, les secousses s'accentuèrent. J'essayai de m'agripper pour garder l'équilibre, mais mes gants glissèrent sur la glace. Des claquements s'ajoutèrent aux craquements, et je sentis mon ventre se nouer. Une énorme fissure se faufilait à travers le plafond. Des blocs se détachèrent sous mes yeux horrifiés, sans que je sache quoi faire pour arrêter les secousses.

Tout allait s'effondrer. Sur moi.

CHAPITRE 21

REYNA

Je me jetai au sol, me rapprochant le plus possible d'un des blocs, mais je savais qu'il ne pourrait pas me protéger. Un bruit tonitruant me fit lever les bras au-dessus de ma tête. Le plafond s'écroulait. J'essayai de ramper et je basculai sur le côté, roulant hors de la trajectoire d'énormes morceaux de glace.

La panique s'empara de mon esprit, dans le fracas assourdissant. Je heurtai la paroi et me redressai, m'élançant vers le trou que je n'avais pas encore comblé. J'étais sûre de ne pas pouvoir passer par là, mais je n'avais aucune autre solution. J'attrapai le trou, et le bâtiment trembla, puis la paroi s'inclina de façon inquiétante. Le temps sembla ralentir alors que les blocs de glace au sommet vacillaient, puis commençaient à glisser vers moi.

Une lumière blanche et brillante me brûla les yeux, et je criai en levant mon bras devant mes yeux. De la chaleur réchauffa l'air autour de moi, et je sursautai lorsque de l'eau glacée déferla. Je bougeai mon bras, haletant de confusion.

Orm. Orm se tenait là où s'était dressé le mur, le bâtiment réduit à l'état de flaque d'eau.

La lumière retourna à son bâton, illuminant le rictus cruel de son visage.

— Qu'est-ce que... pourquoi...

Je repris mon souffle, l'air mordant et froid sur mes vêtements et ma peau mouillés.

— Je crois que tu étais sur le point de devenir une victime du *Leikmot*, dit Orm à voix basse.

Je regardai le bâtiment fondu, puis je me tournai vers lui.

— Vous avez fait fondre la glace ? Pourquoi ?

Il sourit.

— Tu es sourde ? Ou stupide ? Je te l'ai déjà dit. Je ne souhaite pas ta mort. Mes goûts sont inhabituels, je te l'accorde, mais la nécrophilie n'en fait pas partie.

Mon estomac se noua.

— Vous m'avez sauvé la vie juste pour pouvoir m'avoir ?

— Oui, mais j'en tirerai bien plus que cela. Tu as une dette envers moi, petite humaine. Ta vie.

— Je ne vous dois pas la vie, crachai-je.

Ces mots, quoique pleins de tout le venin que je pouvais puiser en moi, sonnaient faux à mes propres oreilles. Je serais morte écrasée s'il n'était pas intervenu.

Un gong retentit, puis des pieds battirent la neige. Je me retournai, encore trempée, et je vis des faës courir sur le sentier de la forêt, avec Mazrith et un faë de terre à la peau brune à leur tête.

Kaldar était adossée contre sa cabane intacte, dont la porte était ouverte, mais le bâtiment derrière elle était complètement effondré. Le faë de terre courut droit dans cette direction à une vitesse inhumaine, juste au moment où un cocon de lianes faisait éclater l'amas de briques de glace, laissant sortir une main. Dakkar avait réussi à se protéger, réalisai-je avec un soubresaut de soulagement.

— Reyna.

Je me tournai vers Mazrith qui arrivait jusqu'à nous. Après m'avoir jeté un rapide coup d'œil, il tourna la tête vers Orm.

— Pourquoi ? aboya-t-il.

— Pour voir votre tête quand vous admettrez que votre fiancée me doit la vie, siffla-t-il.

J'espérai que Mazrith ne réagirait pas. Qu'il ne lui donnerait pas la satisfaction. Son cou était si tendu qu'on voyait ses veines, et une fureur mortelle tourbillonnait dans ses yeux tandis que des ombres jaillissaient du haut de son bâton. Mais c'est vers moi qu'elles se dirigèrent, pas vers Orm. Elles ne firent rien de spécial et se contentèrent de tourbillonner autour de moi.

Mazrith parla assez fort pour que ceux qui se trouvaient à proximité puissent l'entendre.

— C'est très honorable de votre part, Lord Orm. Je vous remercie. Vous serez l'invité d'honneur de notre mariage.

Le sourire d'Orm disparut.

— Vous serez mon invité d'honneur lorsque j'obtiendrai ce que je veux de cette gamine pathétique et brisée, siffla-t-il. C'est pour cela que je l'ai gardée en vie. Pour que vous soyez témoin des plaisirs que vous essayez de me voler.

Je fis un pas avant que Mazrith ne puisse dire quoi que ce soit, parlant à mon tour d'une voix forte.

— Vous avez raison : il faut que j'aille me réchauffer, maintenant. Merci encore.

Je me forçai à incliner la tête et me retournai, descendant si vite le sentier que je trottinais presque. Les ombres m'accompagnèrent.

Frima était à trois mètres.

— Mazrith arrive ? demandai-je sans me retourner.

— Oui. Il a essayé de t'aider avant, mais le Roi n'a laissé personne interférer.

J'acquiesçai.

— Pourquoi le bâtiment s'est-il effondré ? Était-ce délibéré ? Ai-je manqué de temps ?

— Je ne sais pas, le Roi et la Reine ont eu l'air surpris. Mais ils n'ont rien fait. Le tien et celui de Dakkar se sont effondrés dès que Kaldar est sortie.

Nous avions rejoint les spectateurs et les membres de la Cour de Glace m'observaient tandis que je me dirigeais aussitôt vers le *karve* avec la figure de proue en forme de baleine. D'un geste de la main, la Reine envoya une escorte. Je montai à bord. Frima, puis Mazrith et Svangrior me suivirent.

Sans un mot, Mazrith se débarrassa de son énorme manteau de fourrure. Il me retira le mien, qui était trempé, et le remplaça par le sien, me noyant dans l'immense pelisse. C'était chaud, et je ne retins pas mon soupir de soulagement d'échapper au froid.

— Merci.

— Ne me remercie pas, gronda-t-il alors que le bateau s'éloignait de l'iceberg.

— Ce n'est pas votre faute, Maz, dit Frima.

Il lui jeta un regard noir, puis à notre escorte. Il n'avait manifestement pas l'intention de parler de cela en telle compagnie. Je resserrai sa cape de fourrure autour de moi et je priai Freya pour qu'il ait un peu de cette boisson brûlante sur le bateau.

Brynja et Tait étaient sur le pont lorsque nous rentrâmes au navire, le brasero diffusant une chaleur agréable. Lorsque la servante vit le regard foudroyant de Mazrith, elle se leva d'un bond et se précipita vers la cabine.

— Brynja, du vin d'ortie et de l'eau-de-vie, appela Frima.

La jeune fille couina en réponse.

Je me dirigeai tout droit vers ma cabine pour enlever mes vêtements mouillés. Frima m'accompagna, et je fronçai les sourcils lorsqu'elle entra dans la cabine.

— L'armure, dit-elle. À moins que tu ne veuilles l'enlever toi-même, comme avec les robes ?

Je secouai la tête.

— Non. Je viens de l'aide.

Je lâchai la cape de Mazrith, et Frima m'aida à retirer l'armure.

— Dommage que ça n'ait servi à rien, marmonnai-je, admirant l'éclat de l'armure alors que je la déposais soigneusement dans l'un des coffres ouverts.

Elle avait séché instantanément, l'eau n'ayant pas imbibé le métal comme elle avait imbibé mes vêtements. Le tissu de mon pantalon et de ma chemise avait commencé à geler, raide et désagréable contre ma peau qui me picotait.

Frima poussa un soupir.

— Pourquoi Orm t'a-t-il sauvée ?

— Il a dit qu'il voulait que Maz et moi lui soyons redevables.

Le visage de Frima se tordit en un rictus.

— C'est n'importe quoi.

J'acquiesçai.

— Il est complètement taré.

Hésitante, je lui racontai quelques-unes des histoires que j'avais entendues à propos de lui et de ses concubines, tout en retirant mes vêtements gelés pour enfiler une épaisse robe verte en laine, et en frottant une couverture en fourrure sur mes cheveux froids et mouillés.

— Et... il t'a choisie pour se lier à toi ?

— Oui. J'avais l'intention de quitter la Cour d'Or le soir de votre arrivée.

Frima me regarda un moment, les yeux pensifs.

— Quoi ? lui demandai-je en haussant les épaules. Vous allez me dire que je n'aurais pas survécu dans les autres Cours, parce que je suis une *orfèvre* ?

— Non.

— Vraiment ?

— J'aime à croire que tu aurais survécu. Mais tu aurais été sacrément malheureuse. Et très, très seule.

— Mieux vaut être seule que le jouet de Lord Orm.

— Je suis d'accord. Et malgré ses raisons, je suis heureuse qu'il t'ait sauvée. Viens. Allons te chercher un verre de cognac.

Mazrith était à la poupe du navire lorsque nous retournâmes sur le pont, à regarder la mer gelée au-delà de la crique. Brynja me tendit un verre lorsque je m'assis à la table, et je le pris avec reconnaissance.

— Qu'est-ce qui s'est passé ? demanda Tait dans un grand murmure. Le Prince semble très en colère.

Frima lui donna une version abrégée.

— La prochaine épreuve a lieu demain, grogna Svangrior. Tu feras peut-être mieux.

J'acquiesçai, soulagée que ce ne soit pas aujourd'hui. Même si je savais que nous devions retourner à la Cour d'Ombre, je n'avais pas envie de revoir le visage d'Orm si tôt.

— J'ai entendu des faës discuter, poursuivit le guerrier. Je suis sûr qu'ils ont dit que le prochain jeu aurait un rapport avec l'eau.

Je haussai les sourcils et Mazrith se détourna de la figure de proue du serpent. Il marcha lentement vers nous. Je lui tendis sa cape pour la lui rendre, mais il ne la prit pas. La mienne était encore humide, et Brynja s'affairait à suspendre tous mes vêtements mouillés sur le bastingage près du brasero, alors j'enroulai à nouveau la cape autour de mes épaules, car j'avais encore assez froid pour sentir la morsure du gel malgré la chaleur du brasero.

— De l'eau ? dit Mazrith à Svangrior.

Il acquiesça.

— J'en ai surpris un qui disait quelque chose comme : *tous les faës devraient savoir nager, mais je me demande si les humains apprennent.*

Toutes les têtes se tournèrent vers moi.

— Tu sais nager ? me demande Frima.

— Un peu. Quand j'étais plus jeune.

Je n'avais pas vraiment pris de leçons ni beaucoup pratiqué, mais je m'étais faufilée jusqu'aux fontaines du palais étant enfant, car je savais que c'était là que les autres enfants du palais jouaient. Ils ne m'avaient pas laissée me joindre à eux, alors j'avais commencé à y aller seule, pour apprendre malgré leur refus. Je n'avais pas montré d'aptitude naturelle et j'avais rapidement abandonné.

Le regard tendu de Mazrith se fixa sur moi.

— Nous allons trouver un endroit pour que tu t'entraînes. Tout de suite. Il n'est pas agréable de se noyer.

Je déglutis.

— Où ? Je n'entre pas là-dedans, dis-je en pointant du doigt l'eau glacée autour du bateau. Par les Nornes, ne me dites pas qu'ils vont nous faire nager dans de l'eau glacée ? Les humains meurent très, très vite dans l'eau glacée.

Je m'efforçai de ne pas laisser transparaître la panique dans ma voix.

Tait prit la parole.

— Non, non, tous les faës, sauf les faës de glace, mourraient rapidement dans l'eau glacée. Ce serait vraiment de mauvais goût de créer un jeu destiné uniquement à la cour d'accueil.

Je le regardai.

— Je suis humaine et je participe à des jeux conçus pour les êtres magiques.

— Tu es une exception, en quelque sorte. Quoi qu'il en soit, non, il y a des sources chaudes dans cette Cour.

— Des sources chaudes ?

Il se pencha sur les nombreux livres éparpillés sur la table.

— Aha !

Il en prit un et en feuilleta les pages, avant de le retourner pour nous montrer.

— Des sources chaudes.

Il y avait un dessin d'un glacier avec un lac au fond, comme une piscine. De la vapeur semblait monter de sa surface.

— Pourquoi les faës de glace aimeraient-ils les endroits chauds ?

— Pour la même raison que nous avons des endroits chauds et froids, dit Tait en haussant les épaules. Et les Cours n'étaient pas conçues à l'origine par les dieux pour n'accueillir qu'un seul type de faës. Il n'était pas prévu que nous nous faisions la guerre.

— C'est pourquoi il fait moins sombre à la Cour d'Ombre qu'on ne pourrait le croire, dit Mazrith à voix basse.

Il regarda Tait.

— Y a-t-il beaucoup de ces sources chaudes ?

Tait acquiesça.

— Oui, c'est une grande Cour, comparée à notre montagne. C'est très fascinant.

Mazrith s'approcha de la balustrade, puis sauta sur la glace. Je l'entendis crier, puis deux gardes apparurent dans le tunnel, vêtus d'armures blanches étincelantes et brandissant leurs bâtons.

Il leur parla un moment, puis remonta sur le bateau.

— J'ai demandé si nous pouvions aller à une source d'eau chaude pour que tu te réchauffes. Ils m'ont répondu qu'ils verraient avec leur chef.

J'avais à peine terminé mon cognac qu'une voix nous interpellait, de l'autre côté de la crique.

— Nous allons vous escorter jusqu'à la source la plus proche.

Mazrith et moi suivîmes la faë de glace en silence. J'avais les nerfs à vif. J'avais espéré que Frima m'entraînerait à la natation, mais Mazrith avait dit aux autres de rester sur le bateau et de tenir les conversations privées dans les cabines.

Je ne savais pas ce que l'on était censé porter pour nager, mais quand j'étais enfant, je m'étais toujours contentée de mes sous-vêtements. Avec le Prince, ce n'était vraiment pas une bonne idée.

Nous n'allâmes pas bien loin : nous traversâmes juste le tunnel jusqu'à l'autre côté du glacier. Au lieu de nous faire monter sur un bateau, la faë de glace nous conduisit à droite, le long d'une corniche dangereusement étroite du glacier bleu vif que je n'aurais même pas remarquée. À environ trois mètres, elle s'arrêta, leva son bâton et tapa sur la glace. Il y eut un craquement qui attisa vivement ma nervosité, puis un morceau de glace glissa vers l'arrière pour former une entrée.

Elle entra et nous la suivîmes.

— Ouah.

Nous nous trouvions dans une autre crique, probablement juste à côté de celle où se trouvait notre bateau, mais beaucoup plus petite. L'ouverture menant à la mer était à peine assez grande pour accueillir un navire. Il y faisait également plus chaud, et la vapeur s'élevant de la surface de l'étang devant nous rendait l'air humide.

— Ce sont des glaciers pour les invités, dit la faë de glace en me regardant, tandis que je soupirais d'admiration. Ils ont tous des sources d'eau chaude, des rives pour accoster les bateaux et...

Elle s'interrompit. Apparemment, nous n'avions pas

encore mérité tout ce que les glaciers réservés aux invités avaient à offrir.

— Voulez-vous nous laisser, s'il vous plaît ? demanda Mazrith. Je souhaite passer un peu de temps seul avec ma fiancée.

Mon pouls s'accéléra.

L'éclair de curiosité sur le visage de la faë céda rapidement place à la nonchalance habituelle d'un garde.

— Je serai à mon poste près du tunnel.

Elle hocha la tête, puis quitta la crique.

Mazrith la regarda partir.

— Elle ne désapprouve pas le fait qu'une humaine et un faë soient ensemble, dit-il à voix basse.

— Comment le savez-vous ?

— Je lis bien les gens.

Je fis une grimace.

— Dans leur esprit ?

Il déplaça son regard sur moi.

— Cela m'a permis d'affiner mes compétences, mais non. Je n'ai pas lu dans ses pensées. Je peux le voir.

— Huh.

— De la même façon, je sais que Lord Orm est plus impliqué dans toute cette affaire que nous ne le pensons.

J'aspirai de l'air. C'était chaud et agréable.

— Vous pensez qu'il m'a sauvée pour une autre raison ?

— Peut-être.

— Il n'est pas possible qu'il soit au courant, à propos du bâton de brume, n'est-ce pas ? C'est la seule raison pour laquelle il voudrait me garder en vie.

— En dehors du plaisir de te tourmenter ?

— Oui. À part ça.

— Non, Mazrith secoua la tête. Je ne vois pas comment il pourrait être au courant de l'existence du bâton de brume ni du rôle que tu joues dans les recherches. Ma mère a cherché pendant des années, en suivant des conseils qu'elle n'a jamais partagés avec moi.

Des conseils ? Le genre de conseils que Voror avait reçus ? De la mystérieuse faë peut-être ?

— Alors, je suppose qu'Orm est simplement assez tordu pour m'avoir sauvé la vie par mépris. Je veux dire, même si je déteste l'admettre… je suis contente qu'il l'ait fait.

De la rage brûlait dans les yeux de Mazrith.

— Je n'ai pas pu franchir la barrière du Roi de la Cour de Glace. Quand il puise dans la magie de sa femme, ils sont plus forts que moi.

— Je sais que vous m'auriez sauvé si vous l'aviez pu.

— Avec un bâton de brume, je serais assez puissant.

Je posai ma main sur son biceps gonflé tandis que ses poings se crispaient autour de son bâton.

— Maz, arrêtez. Je suis vivante. Et vous allez m'aider à survivre au prochain jeu.

Il se calma, la rage disparaissant de ses yeux.

— Maz. Tu m'as appelé Maz.

— Hm. C'est la deuxième fois que je fais ça. Je passe beaucoup de temps avec vos amis, sans doute.

D'un geste brusque, il s'éloigna et appuya son bâton contre un bloc de glace anguleux. Il fit passer sa chemise par-dessus sa tête et je clignai des yeux devant ses énormes épaules nues.

— N'entre pas dans l'eau nue, ou je ne garantis rien, grogna-t-il avant d'enlever ses bottes, puis son pantalon.

— Et vous ? Pourquoi avez-vous le droit d'être nu ? bégayai-je en regardant fixement son derrière.

Ses jambes puissantes bougèrent, et il glissa rapidement dans la source, la vapeur enveloppant sa peau nue et me laissant respirer à nouveau.

— Je n'ai pas de sous-vêtements.

Il me tournait toujours le dos alors qu'il se déplaçait dans le bassin.

— Il y a des marches en bas, dit-il. Fais attention.

— Vous ne portez pas de sous-vêtements ?

Les hommes étaient-ils censés porter quelque chose sous leur pantalon ? N'ayant vécu qu'avec un seul homme, Lhoris, et ne m'étant jamais approchée de ses vêtements, je n'y avais jamais songé auparavant.

— Dis-moi quand tu seras dans l'eau, dit-il, toujours dos à moi.

— C'est une mauvaise idée, marmonnai-je en me débarrassant de la cape de Mazrith et en la posant avec ses vêtements.

Ou alors, c'était une merveilleuse idée. Il était nu. Dans la vraie vie, pas dans un rêve.

Mon ventre se noua lorsque je défis la simple fermeture de ma robe, et de la chaleur me picota à des endroits agréables. Sous ma robe, je portais une chemise à fines bretelles qui descendait jusqu'aux genoux et, en dessous, des sous-vêtements en coton ordinaire. J'étais presque sûre que le tissu serait transparent une fois mouillé.

Le souffle court, je me dirigeai vers le bassin, m'asseyant d'abord sur le rebord et mettant mes pieds nus dans l'eau. Elle était délicieusement chaude. Lentement, je glissai jusqu'au bout, mes pieds cherchant les marches dont avait parlé Mazrith. Dès que ma chemise fut mouillée, elle colla à ma peau.

— Je suis dedans, dis-je à Mazrith, une fois mes seins sous l'eau et hors de vue.

— Bien. Quand as-tu nagé pour la dernière fois ?

— Euh, il y a dix ans ?

Il se retourna, scrutant mon visage, puis mes épaules nues.

— Éloigne-toi des marches, voyons si tu te souviens.

Je m'apprêtai à faire ce qu'il me demandait, mais j'hésitai.

— Vous ne me laisserez pas me noyer ?

Il se rapprocha de moi, de l'eau jusqu'à ses solides pectoraux.

— Je me tiens debout au fond de l'eau. Ce n'est pas assez profond pour se noyer.

— Oh, dis-je, soulagée.

Je poussai sur la marche, laissant l'eau porter mon poids et donnant des coups de pied. Mes bras s'agitèrent, et ma tête coula. Je trouvai le fond avec mes pieds et haletai. Le bassin était suffisamment profond pour que mon menton soit encore sous la surface.

— Par les Nornes, soufflai-je en repoussant mes

cheveux de mon visage. Pourquoi ne m'avez-vous pas rattrapée ?

Mazrith me regarda fixement.

— Tu es restée sous l'eau moins d'une seconde.

— Oh, j'ai eu l'impression que c'était plus long.

La manche de ma chemise colla à ma peau lorsque je levai le bras pour essayer de ramener mes cheveux vers l'arrière.

— Retourne à la marche. Réessaye.

Mazrith m'observait tandis que j'essayais de trouver mon équilibre dans l'eau. Mais j'étais surtout maladroite, et j'éclaboussais partout.

Il finit par dire :

— Regarde-moi.

Il se mit debout sur la marche à côté de moi, son torse émergeant de l'eau. Je déglutis. Maintenant, il était nu *et* mouillé. Comment, au nom de Freya, étais-je censée me concentrer avec sa peau nue qui scintillait devant moi ?

Il repoussa la marche, glissant dans l'eau, ses membres puissants fendant la surface. J'essayai de ne pas regarder son derrière.

— À toi.

Je fis comme lui, et je coulai presque immédiatement.

Il grogna en s'approchant.

— Tu es déterminée à me tester.

Je me renfrognai.

— Hé, ce n'est pas vous qui buvez la tasse.

— Je vais te retenir sous l'eau, et tu vas bouger les bras et les jambes selon mes instructions.

Sa voix était serrée.

— Me retenir ?

— Oui. Pour que tu restes en surface assez longtemps pour apprendre la technique.

— Ah oui.

Je m'écartai de la marche et sentis ses mains puissantes m'enserrer la taille. Il me fit basculer, de sorte que j'étais presque parallèle au fond de la piscine, et je m'efforçai de garder la tête haute.

— Donne des coups de jambe, un à la fois, à un rythme régulier. Tends les pieds.

Je fis ce qu'il m'avait dit, mais la seule partie de mon corps dont j'étais vraiment consciente, c'était là où ses mains étaient posées.

— C'est bien. Maintenant, les bras.

Il m'expliqua comment bouger mes bras, tout en me maintenant fermement en place.

Encore une fois, j'essayai de me concentrer sur ce qu'il disait, et j'échouai lamentablement.

— Je vais lâcher prise, maintenant. Essaie de nager vers l'entrée de la crique.

Il me lâcha, et je coulai aussitôt. Mais, alors que je commençais à paniquer, je m'en empêchai, me forçant à exécuter avec les bras les mouvements qu'il venait juste de m'enseigner. La tête levée, j'avançai de quelques mètres dans l'eau. L'excitation me submergea, et je battis des jambes plus fort.

— Bien. Les bras et les jambes dans le même rythme.

C'est ce que je fis, et avant même de m'en rendre compte, j'étais de l'autre côté de la piscine.

— Ah !

Je me retournai et me redressai. Le bassin était plus profond ici. Je glapis quand ma tête coula et, cette fois, je bus vraiment la tasse.

Des mains puissantes trouvèrent à nouveau ma taille, et j'avalai de l'air tandis qu'il me ramenait à la surface.

En me portant dans ses bras comme un nourrisson, il nous conduisit vers un endroit moins profond.

— Il faudra aussi s'entraîner à chercher le fond de l'eau.

Le choc d'avoir bu la tasse me força à me concentrer sur la natation et non sur le corps de Mazrith.

Je m'efforçai de reproduire les mouvements, chaque flexion, chaque coup de pied, ignorant la chaleur de ses mains sur ma taille et le frôlement occasionnel de ses jambes puissantes sous l'eau. Je commençais à sentir les flux et reflux de l'eau, à trouver le rythme des mouvements nécessaires pour me propulser à travers l'eau, et après que j'eus cessé de couler de façon intempestive, je commençai à prendre du plaisir.

Mais chaque fois que je prenais de la vitesse, ou que j'essayais d'élargir l'amplitude de mes jambes, ma chemise me collait à la peau, s'emmêlant entre mes cuisses. Je retournai à la marche.

— Je pense qu'il sera beaucoup plus facile de nager sans cela, dis-je, mon cœur battant la chamade tandis que Mazrith me lançait un regard brûlant.

— Tu veux enlever tes vêtements ?

— Vous ne pouvez pas me voir : je suis sous l'eau. Ça n'arrête pas de s'emmêler, et je veux aller plus vite.

Sa mâchoire se contracta, mais il ne protesta pas davantage. Je retirai donc le vêtement, en prenant soin de laisser mes seins nus sous la surface embuée. Je gardai ma culotte en coton.

Lorsque je repoussai la marche, Mazrith glissa derrière moi, guidant mes jambes et mes hanches pour que je donne des coups de pied puissants. Ses mains s'attardèrent sur mes cuisses, cependant, et je n'étais plus sûre qu'il me touchait pour me montrer quoi que ce soit.

D'un mouvement soudain et déterminé, il enroula ses deux mains autour de mes hanches et me ramena contre lui. Je sursautai en sentant son excitation contre mon derrière, et il m'attira à lui, sa poitrine gonflant contre mon dos. Il ne bougea pas, se contentant de me tenir fermement contre lui.

— *Gildi*, murmura-t-il dans mes cheveux. Dis-moi d'arrêter.

Mon cœur battait la chamade contre mes côtes, le désir pulsant dans tout mon corps, et je sentais aussi le sien tambouriner contre ma peau.

— Non.

L'eau clapota autour de moi. Il me retourna vers lui, les mains glissant sous mes fesses pour me soulever. J'enroulai mes jambes autour de sa taille, portée par l'eau. Il me serra tout contre lui avec un gémissement, son érection appuyant avec insistance contre mon entre-jambe, le coton de ma culotte entre nous. L'eau ondula sur mes seins tandis que Mazrith s'emparait de ma bouche dans un baiser brûlant. Nos corps glissèrent ensemble dans l'eau chaude, et j'agrippai ses épaules pour me retenir dans ce tourbillon de sensations.

Il gémit dans ma bouche, tout le corps bandé et ondulant à chaque ruade inconsciente de mes hanches, tandis que les vagues clapotaient autour de nous.

Il rompit le baiser et se déplaça, ses lèvres laissant une traînée incendiaire le long de ma gorge et sur ma clavicule. Il me souleva plus haut contre son corps, sortant mes seins de l'eau. Je me cambrai à chaque caresse de ses mains et de sa bouche, chaque nerf enflammé de sensations. Sa langue tournoya autour d'un mamelon jusqu'à le faire durcir, avant de le sucer et de le mordre doucement. Je poussai un cri, emmêlant mes doigts dans ses cheveux, tandis que des vagues de plaisir se propageaient en moi. Il reporta son attention sur l'autre téton, la chaleur entre mes cuisses montant de façon incontrôlable à chaque contact. Lorsque ses baisers descendirent sur mon ventre, je tremblais de sensibilité, prête à faire exactement ce que je lui avais dit que je ne ferais pas. Le supplier pour avoir plus.

Mazrith se déplaça dans l'eau, moi enroulée autour de son corps, jusqu'au bord de la piscine. Je sursautai au froid de la glace lorsqu'il se retourna et me déposa par terre. Je le lâchai à contrecœur, fixant ses yeux brillants et féroces. Il passa ses doigts le long de mes cuisses, puis les écarta.

Le froid de la glace fut remplacé par une chaleur brûlante, l'impatience m'enflammant les nerfs. Mon souffle était chaud et saccadé lorsqu'il attrapa mon sous-vêtement entre ses doigts et le déchira lentement, m'exposant complètement à lui. Le bout d'un doigt caressa ma fente, provoquant une bouffée de désir humide.

— J'ai attendu si longtemps pour te sentir, siffla-t-il.

Je me mordis la lèvre pour m'empêcher de dire quelque chose de stupide. Tout ce qui aurait pu l'interrompre.

— Je voulais te faire supplier. Je t'ai *dit* que j'allais te faire supplier.

Putain, j'allais faire plus que supplier. J'étais tellement désespérée par la légèreté de ses caresses sur ma peau mouillée alors que je voulais le plaisir intense que je savais qu'il pouvait me procurer. J'aurais fait n'importe quoi.

Mais il ne me fit pas dire un mot. Il baissa la tête, si vite que je poussai un cri de surprise, puis de plaisir, lorsque ses lèvres se refermèrent sur l'endroit que ses doigts avaient si délicatement taquiné.

Le bassin, la glace, le putain de monde entier s'écroula tandis que ma tête roulait en arrière et que le plaisir m'engloutissait toute entière. Il m'explora avec les lèvres, la langue et les dents, grognant à chaque mouvement de mes hanches. Deux doigts glissèrent facilement en moi, allant et venant tandis qu'il prodiguait son attention au petit nœud sensible qu'il avait trouvé si rapidement.

Je m'agrippai au bord du bassin, haletante et frissonnante, tandis que des ondes me traversaient le corps. La pression augmenta rapidement jusqu'à des pics insupportables. Les doigts de Mazrith se tortillaient et se tordaient, trouvant à chaque fois un point à l'intérieur qui me faisait trembler de plaisir. Sa langue dardait avec précision. Je basculai dans la frénésie, palpitant autour de ses doigts, encore et encore, dans des vagues qui semblaient infinies. Il ne s'arrêta que lorsque je devins molle, tremblante sous l'effet d'un plaisir tel que je n'en avais jamais ressenti. Mazrith se redressa, l'expression féroce de désir. Je sentis son membre qui palpitait lourdement et avec insistance contre moi.

— Tu as un goût aussi doux que l'hydromel, grogna-t-il.

Ses mains se déplacèrent pour me saisir les hanches, et il se pressa contre mon corps si sensible, me faisant haleter.

Mon souffle se figea sur mes lèvres lorsqu'un flot de runes dorées jaillit de son torse nu, effleurant son beau visage tandis qu'elles s'éloignaient en voletant.

Il y en avait trop pour que je puisse les lire, et Mazrith se raidit, ses doigts plantés dans ma chair.

Lentement, il relâcha sa prise et s'éloigna de moi, l'eau engloutissant son corps nu. Le flot des runes ralentit, puis s'arrêta.

Ma poitrine gonflait et dégonflait tandis que je restais bouche bée, soudain consciente de mes jambes écartées. Je les resserrai et me redressai.

— Qu'est-ce qui se passe ? soufflai-je à voix basse.

— Ma malédiction, grogna-t-il. C'est pour cela qu'elle m'a mis en garde.

La brume du plaisir intense qui m'avait consumée tout à l'heure commença à se dissiper.

— Qu'est-ce que vous racontez ? De quoi parlez-vous ?

Quelque chose qui n'était ni de la peur ni de la colère, mais que je ne distinguais pas, envahit son visage.

— Il n'y a pas tellement de runes, dit-il à voix basse.

L'incompréhension, nourrie par le désir qui pulsait toujours en moi, me fit serrer les mains.

— S'il vous plaît, dis-je, lentement. Je ne comprends pas.

Il montra les dents, puis repoussa ses cheveux avec colère.

— Quand la dernière rune d'or s'envolera de ma peau, ce sera fini. Et pour une raison ou une autre, quand je suis près de toi, elles décampent de mon corps.

Je le regardai fixement.

— Vous venez de dire qu'*elle* vous avait mis en garde.

— Ma mère. Quand elle m'a dit de partir à ta recherche, elle a dit que tu étais... dangereuse.

Mon estomac se tordit. Non seulement à cause de ce que j'infligeais apparemment à Mazrith, mais aussi au mot *dangereux*.

Il y avait des ténèbres en moi. Je le craignais depuis que les Affamés étaient apparus dans ma tête quand j'étais enfant, et depuis, cette peur n'avait fait que croître. Surtout aujourd'hui.

— Dangereuse comment ? demandai-je d'une petite voix.

— Elle ne l'a pas dit. Juste que je ne pouvais pas m'approcher de toi.

— Pourquoi est-ce que j'accélérerais votre malédiction ?

— Je ne sais pas.

— Est-ce que ça pourrait être une coïncidence ?

Mon esprit retourna au tout premier jour où il m'avait enlevée à la Cour d'Or, sur le bateau. La rune d'or qui s'était envolée de sa peau lorsqu'il m'avait rattrapée dans ma chute.

Il secoua la tête.

— Non. Peut-être que n'importe quel *orfèvre* accélérerait la magie. Après tout, tu es liée à l'or.

J'acquiesçai, mon espoir remontant à cette possibilité. L'air froid se faufilait entre les nuages de vapeur, me donnant la chair de poule sur ma poitrine exposée et mouillée. Je me glissai à nouveau dans l'eau, maladroite et hésitante à présent, mon corps toujours endolori par le désir qu'il m'inspirait, mais il m'avait repoussée une fois encore, et je m'en mordais la langue.

— Reyna... Tu...

Je le regardai alors qu'il cherchait quelque chose à dire.

— Je... ?

Il se déplaça dans l'eau assez vite pour envoyer des vagues jusqu'à mon cou, puis il me saisit par la nuque et pressa ses lèvres contre les miennes, plus tendrement que sa férocité ne le laissait supposer. Sa langue taquina la mienne, ses lèvres me transmettant des excuses que je ne le pensais pas capable de formuler à haute voix.

Et, je l'espérais, une promesse.

Une rune flotta de sa tempe lorsqu'il s'éloigna, et cette fois, ce fut moi qui reculai.

— Ne faites pas ça, dis-je.

Ma voix était gutturale et ne ressemblait pas à la mienne.

— Je ne veux pas vous faire de mal.

Dangereuse.

— Nous lèverons cette malédiction.

Sa voix était encore plus rauque que la mienne.

— Et la prochaine fois que je poserai les mains sur toi, ce ne sera pas un rêve. Ce sera la chose la plus réelle et la plus dévorante que tu aies jamais vécue. Quand je te prendrai, ce ne sera pas seulement ton corps. Tu n'aurais plus rien à désirer. Tu ne voudras plus jamais partir. Tu m'appartiendras.

Mes genoux faiblirent dans l'eau. Je le croyais sincère.

Mais je lui appartenais déjà.

Je jetai un coup d'œil à la rune à mon poignet, sombre sous l'eau, l'intensité du moment étant atténuée par la réalité.

J'avais passé ma vie à fuir pour qu'on ne me possède jamais. Me donner à Mazrith, le laisser s'approprier mon corps, cela signifiait-il aussi lui donner mon cœur et mon âme ?

Parce que c'était la seule façon pour lui de me posséder vraiment. L'amour.

Une clarté que je n'avais jamais ressentie auparavant me submergea lorsque je contemplai son visage. Était-ce ce qu'il avait voulu dire dans la bibliothèque ? Que l'on pouvait appartenir à quelqu'un tout en restant libre ?

L'amour pouvait-il faire cela ?

Ses yeux flamboyants s'adoucirent.

— J'ai fait en sorte que tu me craignes. Tu ne veux appartenir à personne.

Pendant un instant, je crus qu'il avait lu dans mes pensées, mais son bâton n'était pas dans le bassin avec nous. Je secouai lentement la tête.

— Nous apprenons à nous faire confiance, dis-je. Et il est inutile de parler d'attirance.

Mon corps chaud et douloureux et le souvenir de son érection contre moi étaient indéniables.

— Mais si vous abandonner mon corps signifie que je ne pourrai jamais partir...

— Je n'ai pas dit que tu ne pouvais pas partir. Juste que tu ne voudrais jamais le faire.

Je le regardai fixement, ses yeux illuminés de désir. De passion. Il n'y avait pas d'arrogance dans sa voix. Juste une certitude.

— Tant que la malédiction n'est pas levée, cela n'a pas d'importance, finis-je par dire. Je ne vais pas prendre le risque de vous tuer.

Il acquiesça, les yeux toujours fixés sur les miens.

— Nous trouverons le bâton de brume, nous lèverons la malédiction. Nous tuerons la Reine. Et alors, je comblerai le vide dans ta vie, *Gildi*.

CHAPITRE 24

REYNA

Le reste de la journée et de la soirée, je fus assaillie de pensées. Je participai sans enthousiasme aux conversations autour de la table pendant le dîner, mais mon esprit restait bloqué sur une seule chose.

Mazrith.

Le Prince faë de la Cour d'Ombre.

Chaque fois que je jetais un coup d'œil dans sa direction, il regardait quelqu'un ou quelque chose d'autre, mais j'étais sûre de sentir ses yeux sur moi aussi souvent que les miens le cherchaient.

Il était silencieux aussi, et Frima et Svangrior devaient régulièrement se répéter parce qu'il n'avait pas compris ce qu'ils disaient.

S'il n'y avait pas eu de malédiction et que je m'étais donnée au Prince faë, qu'est-ce qui aurait changé entre nous ?

Je ne l'aimais pas. Je le savais.

Je *ne pouvais pas* l'aimer.

Pour tellement de raisons. Elles tournaient toutes en boucle dans ma tête. Pourquoi est-ce que je ne pouvais pas tout simplement me dire que c'était du désir et tourner la page ?

Je respectais Mazrith. J'étais persuadée qu'il avait aussi du respect pour moi. Nous devions travailler ensemble pour le bien du monde où nous vivions, et des forces plus puissantes que nous avaient apparemment tracé cette voie il y a longtemps. Tels étaient les faits. Les faits, dépouillés de tout sentiment.

Car les sentiments ne sont pas des faits.

Lorsque je m'effondrai dans le lit de la cabine, je m'aperçus que Voror me manquait.

— Je suppose que votre baignade était plus qu'une simple baignade, dit Frima en se déshabillant sans la moindre pudeur.

— C'était juste une baignade, marmonnai-je dans mon oreiller.

— Uh-huh. Pourquoi es-tu si bizarre, alors ?

— Mon hibou me manque.

Elle haussa les sourcils.

— Tu as un hibou ?

Comme je me doutais qu'elle finirait par découvrir l'existence de Voror, j'acquiesçai.

— Il peut me parler.

Elle pinça les lèvres.

— Et à lui, tu lui dirais la vérité sur toi et Maz s'il était là ?

Je pouffai.

— Il me ferait son discours habituel sur la reproduc-tion humaine et frissonnerait en parlant de fluides corporels.

Frima me regarda, les yeux brillants.

— Alors vous étiez *vraiment* en train de baiser.

— Non. Cela compliquerait les choses.

Elle soupira, passa une chemise par dessus sa tête et fit glisser quelques fourrures sur elle.

— Cela m'ennuie de te dire ça, mais je ne pense pas que vous soyez destinés à faire autre chose que vous compliquer la vie mutuellement.

— Tu as peut-être raison.

Je sombrai dans un sommeil agité et, après avoir frôlé la mort dans la cabane de glace ce matin-là, je ne fus pas surprise que des monstres envahissent mes rêves. Cette fois, les Affamés étaient gelés, et leurs membres se déta-chaient et se brisaient tandis qu'ils scandaient mon nom, grimpant les uns sur les autres pour m'attraper. À perte de vue, il y avait des tas de cadavres mutilés recouverts de givre, qui chantaient.

Je me réveillai tôt, alors que Frima dormait encore. Je m'enveloppai de la cape de Mazrith et je me glissai sur le pont. La vue sur la mer gelée infinie depuis la crique attira mon regard, et je restai bouche bée, à essayer de calmer mes pensées. J'avais une autre épreuve à terminer aujourd'hui. Une où je risquais de me noyer. Mazrith ne pourrait pas m'aider si j'avais des ennuis. Nous en avions eu la preuve la dernière fois. J'essayai de me remémorer l'exaltation de ma chevauchée jusqu'à la victoire avec Rasa, au lieu de la défaite d'hier.

— C'est possible, Reyna, dis-je à haute voix.

Je m'attendis à moitié à entendre la réponse de Voror, comme si souvent lorsque je me parlais à moi-même. Je n'avais pas menti à Frima quand je lui avais dit qu'il me manquait.

— S'il y a une chance que tu m'entendes, Voror, je préfère quand tu es avec moi, chuchotai-je.

Quelques heures plus tard, il commença à y avoir de l'agitation sur le pont, Tait et Svangrior s'étant levés juste après Brynja.

— Je crois que je n'aurai pas besoin de mon armure aujourd'hui, dis-je à Frima en retournant dans ma cabine pour m'habiller.

— Tu n'es pas censée savoir que c'est une épreuve de nage, déclara-t-elle.

— Oh. J'aurai le temps de l'enlever avant le départ ?

Elle haussa les épaules.

— Je n'en ai aucune idée. Est-elle assez lourde pour te gêner ?

— Hier, j'ai à peine dépassé le stade de la nage du chien. N'importe quoi pourrait me gêner.

— Tu aurais dû passer plus de temps à t'entraîner et moins de temps à baiser.

Je lui lançai ma botte. Elle la rattrapa avec dextérité

et me la relança. Je l'avais ratée, et elle me frappa à l'épaule.

Le regard noir, je l'enfilai.

— Je ne porte pas l'armure. Juste les griffes.

— Bon.

Mazrith était aussi silencieux que la veille, alors que nous suivions notre escorte jusqu'au bateau de la figure de proue en forme de baleine. À l'exception d'un salut rapide, il ne m'avait pas adressé la parole. Je me demandai s'il avait passé la nuit à essayer de comprendre pourquoi ses émotions étaient toutes aussi emmêlées.

Peut-être n'était-ce que de la luxure pour lui. De la convoitise peut-être, mais juste cela.

Comment un Prince faë aurait-il pu aimer une humaine marquée d'une rune ? Une faible créature au sale caractère de la taille d'un palais ?

Non, c'était l'arrogance qui parlait lorsqu'il m'avait dit que je ne voudrais jamais partir. Ou un rappel que nous étions liés et qu'il était coincé avec moi.

J'avais retrouvé mon propre manteau, et Mazrith était courbé sous le sien, à contempler les plaques de glace entre lesquelles nous passions.

Il dut sentir que je le regardais, car il se retourna lentement. Plutôt que de détourner les yeux, je ne bronchai pas. Les ombres tourbillonnèrent dans ses prunelles en croisant les miennes, son expression indéchiffrable. Regrettait-il ce qui s'était passé ?

Peu importe le trouble que cela m'avait causé, je ne regrettais pas un instant. Même pas une seconde.

Mais moi, je n'avais pas perdu un temps précieux à cause d'une malédiction fatale, alors je suppose que ce n'était pas vraiment comparable.

Nous nous approchâmes d'un iceberg qui, contrairement au précédent, n'était pas recouvert d'une forêt glacée. En revanche, il comportait les rangées de bancs de la dernière fois, ainsi que trois immenses miroirs qui tenaient debout tout seuls. Les autres champions arrivaient dans leurs bateaux, et ma gorge se serra lorsque nous débarquâmes sur la glace.

S'il vous plaît, Freya, faites en sorte que ça se passe mieux que la dernière fois.

Cela pourrait difficilement être pire.

Si Orm ne t'avait pas sauvé la vie, cela aurait été bien pire, me rappela la voix dans ma tête.

Résolue à faire tout ce qui était en mon pouvoir pour ne pas me retrouver dans une position où je serais redevable de quoi que ce soit à cet insecte, je me dirigeai dans la même direction que les autres.

— Tu peux gagner.

La voix de Mazrith dans mon esprit me fit sursauter, et je tournai la tête pour le regarder alors que je me dirigeais vers les autres champions. Il s'était assis dans la zone réservée aux faës d'ombre, le plus loin possible de la Reine Andask. Il me fixait de ses yeux brillants, son bâton levé.

Je m'empêchai de croiser le regard de la Reine, même

si je le sentais braqué sur moi, le saluai d'un signe de tête et me retournai.

La Reine de la Cour de Glace se leva et frappa des mains sans lâcher son bâton. Celui-ci brilla d'un bleu éclatant, et quatre grands trous apparurent dans la glace, comme si un tisonnier géant les avait percés. De la vapeur s'échappa de la surface de l'eau.

De l'eau *chaude*. Le soulagement m'envahit. Tait avait eu raison.

— Les règles sont simples, dit la Reine. Il y a quatre coffres au fond de la source. Récupérez le contenu de votre coffre en premier, et vous gagnez.

Ses yeux froids brillèrent.

— Que la victoire sourit aux audacieux !

CHAPITRE 25
REYNA

Orm plongea sous l'eau bouillonnante dans une éclaboussure de bulles avant même que je puisse envisager de bouger. Les autres suivirent. Je m'empressai d'enfiler mes griffes, retins ma respiration et sautai dans l'eau.

Mes jambes s'agitèrent dès que l'eau me recouvrit la tête. J'étais désorientée. Je me forçai à garder les yeux ouverts, cherchant d'où venait la lumière pour distinguer le haut du bas.

Baissant les yeux alors que je coulais maladroitement dans l'eau, je vis les quatre coffres en contrebas, encastrés dans d'énormes pointes de glace.

Dakkar avait déjà atteint le sien, d'épaisses lianes jaillissant de son bâton pour attaquer la glace.

Orm faisait fondre la glace autour du sien avec un rayon de lumière intense pendant qu'il coulait. Kaldar fut la dernière des trois à atteindre le sien et tendit son bâton vers la glace, qui disparut instantanément.

Orm poussa un gargouillis de colère contre elle, puis brandit son bâton, dirigeant le rayon vers elle au lieu de son pic de glace.

Un cri gargouillé me parvint aux oreilles, et Kaldar lâcha son bâton, portant les mains à ses yeux. Je crus voir du sang couler entre ses doigts, et un mélange d'inquiétude et de peur me traversa, suivi d'une rude secousse dans mes pieds.

J'avais atteint le fond.

Mes poumons me semblaient de plus en plus oppressés, et j'utilisai mes serres à doigts pour griffer la glace, soulagée que cela fonctionne bien. Je ressentis une bouffée d'excitation à l'idée de franchir si rapidement la barrière de glace. Dakkar vola vers le haut, une sphère métallique dans les bras.

Merde. Il allait gagner.

Au moins, ce n'était pas Orm.

Je jetai un coup d'œil au faë d'or, et j'ouvris la bouche de surprise, laissant l'eau s'engouffrer.

Kaldar avait récupéré son bâton, et maintenant, Orm lui-même était enfermé dans une pointe de glace, tout comme l'était encore son coffre. De la fureur était gravée sur son visage sous la surface vitreuse, et Kaldar le regardait fixement, des larmes écarlates coulant sur ses joues grises.

La brûlure dans mes poumons m'obligea à reporter mon attention sur mon coffre. Je coinçai deux serres entre le fond du coffre et le couvercle, et je l'ouvris.

Ce ne fut pas seulement la sensation d'urgence à l'idée d'asphyxier qui me fit arracher la sphère du coffre. Ce fut le fait de savoir que j'allais peut-être *ne pas perdre.*

Battant des jambes, je fus alarmée de constater que le poids de la sphère entravait mes mouvements, et je m'élevai d'à peine un pied. Cela attira également l'attention de Kaldar sur moi. Il semblait qu'Orm était désormais inconscient dans son pic de glace, et je me demandai brièvement s'il pouvait mourir ici.

Une autre sensation de brûlure me traversa la poitrine, et je me préoccupai à nouveau de moi-même.

Il fallait que je remonte à la surface. De préférence avant que Kaldar ne me transforme en bloc de glace ou que mon corps ne me trahisse et n'essaie de respirer.

Je battis fort des jambes et j'utilisai mon bras libre pour me propulser vers le haut, comme Mazrith me l'avait montré. L'instinct de survie semblait me donner de la force, et je progressai dans l'eau, le trou au-dessus de moi à la fois si loin et si proche.

— Tu y es presque. Plus fort, résonna la voix de Mazrith dans ma tête.

Plus fort.

J'agitai les jambes, avec une douleur désormais constante dans la poitrine, et de petites bulles qui m'échappèrent quand je lâchai involontairement une expiration.

Plus fort.

Je surgis à la surface juste au moment où mon corps lâchait, aspirant de l'air. Il y eut des éclats de voix surpris et quelques applaudissements timides tandis que je donnais des coups de jambe dans l'eau, essayant de me maintenir en l'air. Mais mes jambes étaient fatiguées, la sphère lourde, et je replongeai sous l'eau en crachotant.

La panique me propulsa jusqu'au rebord du trou, et je m'y cramponnai en laissant tomber la sphère sur la glace, me hissant dehors, aspirant de l'air frais. Les bavardages s'étaient transformés en rires.

Mais je m'en moquais.

Dakkar me sourit, assis au bord de son trou, tenant sa sphère. Ses cheveux mouillés, plaqués sur sa tête, ressemblaient à des algues.

Kaldar sortit de son trou alors que je me hissais en position assise. Elle brandit sa sphère, et la foule l'acclama. Deux faës d'or se précipitèrent, parlant rapidement au Roi et à la Reine de glace. Je ne pouvais pas entendre ce qu'ils disaient, mais je pouvais deviner.

Était-il possible qu'Orm meure, en bas ?

Le Roi soupira, puis regarda Kaldar. Il dut lui parler par télépathie, car son visage se renfrogna, puis trahit sa réticence, et elle replongea dans son trou. Je me levai, frémissant maintenant que j'étais sortie de l'eau chaude et que l'air glacial soufflait sur mes vêtements mouillés. J'attrapai ma cape et m'en enveloppai tandis que Kaldar ressortait du trou, avec Orm inconscient sur un bras.

Dakkar s'approcha de moi alors qu'il se dirigeait vers les spectateurs faës de terre.

—Je dirais que cette épreuve s'est terminée de façon plus satisfaisante, dit-il à voix basse.

—Je suis tout à fait d'accord, souris-je.

— Regarde la Reine Andask.

Sa voix était à peine plus qu'un murmure.

Les yeux de la Reine étaient fixés sur la forme inconsciente d'Orm, maintenant jetée sur la glace. Les faës d'or s'étaient précipités vers lui, glissant une sorte de fiole entre ses lèvres bleues.

— Dirais-tu que c'est de l'inquiétude ?

— Peut-être, répondis-je, tout aussi calmement.

Elle était certainement plus intéressée par Orm que par moi. Mais *tout le monde* regardait pour voir si l'arrogant Lord des faës d'or allait se réveiller.

— Je pense qu'ils ont quelque relation. Et cela peut leur donner un avantage.

— Comment ?

— Nous ne devons pas en discuter ici. Mais si d'autres forment des allégeances, peut-être ne serait-il pas si mal que nous en sachions un peu plus l'un sur l'autre ?

Ces mots n'avaient rien de sournois ni d'importun. Ils avaient du sens. Et Dakkar avait essayé d'aider la voix pendant la course de la Cour d'Ombre. À mes yeux, cela prouvait qu'il avait bon cœur.

J'acquiesçai.

— Qu'avez-vous en tête ?

— Je pense que nous allons célébrer ma victoire avec une partie de kubb. Vous, votre fiancé et ses guerriers serez les bienvenus.

— Je le dirai à Mazrith.

Le faë de terre me jeta un regard complice, puis s'éloigna avec la prestance d'un vainqueur.

Je ne pouvais pas marcher avec le même orgueil, mais je levai le menton en retournant vers Maz, Frima et Svangrior. Non seulement je ne m'étais pas noyée, mais j'étais arrivée deuxième.

— Pas si vite, dit la voix de la Reine de glace.

Je m'interrompis, la regardant, puis Orm. Il était assis, apparemment conscient. *Merde.*

— Ceux qui ont réussi à récupérer leurs sphères sont priés de les emporter avec eux. Si vous parvenez à les ouvrir, leur contenu vous reviendra.

Même à cette distance, je pouvais voir une lueur dans ses yeux.

La sphère était-elle un piège ou une récompense ?

Dakkar et moi nous retournâmes chercher nos sphères. Kaldar avait déjà emporté la sienne. Avait-elle su à l'avance ? Ou était-ce une ruse pour nous faire croire que cela ne représentait aucun danger – ils n'auraient pas attaqué leur propre champion, n'est-ce pas ?

J'examinai l'objet en fer tout en le ramassant sur la glace, apercevant des runes que je ne reconnus pas. Piège ou pas, j'avais le sentiment que Tait se délecterait de ce mystère.

— Tu t'es bien débrouillée, dit Mazrith lorsque j'eus finalement rejoint les spectateurs.

Mes dents claquaient un peu, mais j'étais loin d'avoir aussi froid que la veille, le manteau sec faisant toute la différence.

— La leçon de natation m'a aidée, dis-je.

Frima pouffa, puis camoufla son rire en toux.

— Pensez-vous que ce soit sans danger de l'ouvrir ? demandai-je en soulevant la sphère, changeant de sujet.

— Probablement pas. Mais je doute que le marteau de Thor empêcherait Tait d'essayer.

— C'est ce que je pensais. Cela lui donnera quelque chose à faire pendant que nous serons partis.

Mazrith haussa un sourcil, et Frima se pencha.

— Où allons-nous ? demanda-t-elle.

— Nous avons reçu une invitation que nous ne devrions pas refuser.

CHAPITRE 26

REYNA

Comme prévu, la sphère en fer absorba aussitôt Tait. Il ne reconnut pas non plus les runes inscrites dessus et commença à feuilleter des livres, en marmonnant de façon incohérente. Même lorsque nous nous assîmes pour manger le ragoût d'agneau que Brynja nous avait préparé, il garda un livre sur ses genoux, ses lèvres formant des mots silencieux au fur et à mesure qu'il lisait.

S'il parvenait à ouvrir la sphère, j'espérais qu'il ne serait pas blessé, et qu'il s'agissait bien d'une récompense.

— Cela vous semble normal que la Cour de Glace distribue des cadeaux ? demandai-je, en passant du pain au fond de mon bol pour récupérer le reste de la délicieuse sauce.

— Je ne sais pas si le Roi et la Reine Verglas connaissent bien les usages quand on reçoit des faës, dit Mazrith.

Il semblait avoir retrouvé un peu de bonne humeur depuis l'épreuve.

— Les usages voudraient-ils qu'on s'offre des cadeaux ?

Je montrai la crique d'un geste vague.

— Ces glaciers réservés aux invités sont assez incroyables, s'ils n'ont pas eu de visiteurs depuis longtemps.

— Peut-être qu'ils ont eu des invités.

Nous nous tournâmes tous vers Tait qui avait parlé, et celui-ci remonta ses lunettes sur son nez et haussa les épaules.

— La Cour d'Ombre n'en saurait rien si les autres étaient venus ici.

Il n'avait pas tort. Frima me regarda.

— Les faës de la Cour d'Or sont-ils déjà venus ici ?

Je secouai la tête.

— Je n'étais pas tenue au courant des secrets royaux, mais pendant que je vivais au palais, je n'ai jamais entendu parler d'une telle chose.

Mazrith prit la parole :

— On aurait offert des cadeaux pour entretenir ou renforcer les allégeances entre les Cours, dit-il, répondant ainsi à ma question initiale.

— Donc, si la Cour de Glace essaie de suivre les usages, contrairement à votre belle-mère folle, cela pourrait être sans danger ? demandai-je en pointant du doigt la sphère à côté du bol que Tait avait à peine touché.

— Oui.

— Je ne l'ouvrirai pas sans avoir déchiffré les runes, dit le *filombre*. Inutile de s'inquiéter.

— Je doute que les runes te préviennent du danger. C'est un piège, grogna Svangrior.

— Elles m'en diront assez, j'en suis sûre, répondit Tait, avant de se replonger dans son livre.

— Ohé ! cria une voix depuis la glace.

Mazrith, Frima et moi nous levâmes pour regarder par-dessus la balustrade. Un faë de terre nous faisait signe, flanqué des deux gardes faës de glace qui nous avaient emmenés à la source d'eau chaude.

Je levai la main.

— Bonjour.

— Lord Dakkar souhaite vous inviter à une partie de kubb. Je suis ici pour vous y conduire.

Il était jeune, sa peau plus foncée que celle de Dakkar, et ses yeux verts brillants brillaient de malice.

— Nous descendons tout de suite.

— Je ne lui fais pas confiance, grogna Svangrior en attachant sa hache du côté de son corps où il ne tenait pas son bâton.

— J'en suis stupéfaite, dit Frima d'un ton sarcastique.

— Toi oui ? aboya-t-il.

— Non, mais je n'ai pas besoin de lui faire confiance.

Elle me jeta un coup d'œil.

— Tu fais confiance à Dakkar ?

— Je pense qu'il veut s'assurer qu'Orm et la Reine Andask ne leur font pas de mal, à lui ou à ses proches, et considère que l'ennemi de son ennemi est son ami, dis-je.

— Ce n'est ni un oui ni un non.

Je haussai les épaules.

— Parce que je ne sais pas. Mais il ne nous fera pas de mal ce soir. J'en suis sûre.

Mazrith s'approcha de moi, et je me tournai vers lui.

— Prends tes serres. Au cas où.

J'acquiesçai. J'avais enfilé des vêtements secs, mais je m'étais contentée d'un pantalon, d'une chemise et d'une cuirasse, au lieu d'une robe. J'avais l'impression que Dakkar ne se soucierait pas que je sois habillée comme une ouvrière plutôt que comme une noble dame faë. J'ouvris suffisamment ma cape pour montrer à Mazrith le bâton – dénué de magie – que je portais à la hanche, puis j'enfonçai ma main dans la poche de mon pantalon et en sortis quelques serres acérées comme des rasoirs.

— J'apprécie peut-être Dakkar, mais je ne suis pas stupide.

Ses yeux brillèrent.

— Je n'ai jamais pensé que tu l'étais.

— Alors, les humains et les faës sont autorisés à se marier dans votre Cour, hein ?

Le jeune faë de terre nous jetait des regards en coin, à Mazrith et à moi, tandis que nous suivions notre escorte de faës de glace. Ses cheveux étaient d'un vert plus vif que ceux de Dakkar, et il était plus musclé, moins élancé.

— Euh…, commençai-je à répondre.

Mais Mazrith m'interrompit.

— Quel est votre nom ?

— Henrik.

— Et quelle est votre relation avec Lord Dakkar ?

Il haussa les épaules.

— Amicale.

— Êtes-vous Lord vous-même ?

Il me fit une grimace qui me rappela Frima, pleine de dérision amusée.

— Par les Nornes, non.

— Pourquoi ne voulez-vous pas être Lord ? demandai-je.

— Beaucoup trop de bla-bla. Pas assez d'action.

Il jeta un regard à Frima, avec une lueur dans les yeux qui devait être du flirt.

— Dakkar a-t-il de la famille avec lui ici ? demanda Mazrith.

Le visage d'Henrik devient méfiant.

— Pourquoi cette question ?

— Je suis curieux.

— Avez-vous de la famille ici ? En dehors de la Reine Andask ?

— Non. Et elle n'est pas de ma famille.

Il semblait donc qu'il n'allait pas prétendre être proche de la Reine devant les faës de terre.

Nous débouchâmes de l'autre côté du tunnel, et je haussai les sourcils de surprise.

Sur l'iceberg, juste devant nous, il y avait un cercle de braseros, et le jeu avait été installé au milieu. Chaque brasero était enveloppé de fourrures, et des faës de terre étaient assis dessus, à discuter et à boire, ou à regarder le jeu. Dakkar et une femme faë se tenaient l'un en face de l'autre et lançaient des bâtonnets sur des quilles en bois aux pieds de leur adversaire, à dix pieds de distance. Un bâtonnet frappa une quille et la renversa, et la femme poussa un rugissement de victoire, traversant l'aire de jeu en courant pour asséner une tape sur le bras de Dakkar.

— Là, dit Henrik en la montrant du doigt, c'est la femme de Dak. Et elle joue très bien au kubb. Vous savez jouer ?

À l'exception de Svangrior, tout le monde acquiesça, y compris moi. Comme pour la natation, j'avais essayé de jouer avec les enfants du palais, mais je ne m'étais pas senti la bienvenue, alors j'avais appris toute seule. Mais ce n'était pas intéressant de jouer tout seul.

J'écoutai Frima expliquer à Svangrior que l'idée était de renverser toutes les quilles de l'adversaire, appelés des kubbs, à l'aide de bâtonnets courts.

— Disons que l'équipe Thor fait tomber trois kubbs de l'équipe Odin, dit-elle.

Svangrior acquiesça.

— L'équipe Odin doit alors lancer ces trois kubbs du côté de l'équipe Thor, puis les renverser avant de pouvoir commencer à renverser les kubbs de l'équipe Thor.

— Que se passe-t-il lorsqu'ils sont tous par terre ?

— Ensuite, ils doivent abattre la quille centrale, appelée le roi, qui se trouve au milieu du terrain de jeu.

— Cela semble assez simple, grogna-t-il.

— Il y a d'autres règles, mais c'est l'essentiel, dit Henrik. Venez. Dak ! Vos... *invités* sont là !

Dakkar se détourna du jeu, venant à notre rencontre alors que nous nous arrêtions près de la chaleur d'un brasero, et les deux faës de glace s'éloignèrent, retournant au bord de l'iceberg. La femme de Dakkar l'accompagnait, et je la regardai avec intérêt. Elle ne portait pas de robe, mais des vêtements semblables aux miens sous sa cape vert mousse. Des tresses ornaient ses cheveux vert foncé et ses yeux brillaient d'intelligence.

—Je suis heureuse que vous soyez venus, dit Dakkar en nous saluant. Et juste à temps pour me sauver de ma femme. Khadra, voici le Prince Mazrith et sa promise, Reyna...

— Thorvald, terminai-je pour lui. Et voici Frima et Svangrior.

Elle acquiesça.

—Je m'appelle Khadra.

Elle fit un geste vers les kubbs.

—Vous voulez jouer ?

—Oui, dit immédiatement Mazrith.

Elle sourit.

— Alors, prenez le temps de boire un verre et de rencontrer notre peuple, et retrouvez-moi quand vous serez prêt.

Elle s'éloigna et Dakkar prit la parole.

— Je n'ai aucune preuve qu'Orm et la Reine Andask travaillent ensemble, dit-il d'une voix suffisamment basse pour que les faës assis par terre à proximité ne l'entendent pas. Mais mon instinct me dit qu'il y a des choses que nous ne savons pas à propos de ce *Leikmot,* et que la Cour d'Or ne semble pas s'en préoccuper.

— Nous sommes d'accord, déclara Mazrith.

— Avez-vous des preuves ?

— Non. La Reine a organisé ces jeux pour me faire une « surprise » pour mon anniversaire, je n'ai donc pas été impliqué dans tout cela.

— Il vous a été remarquablement facile de quitter la Cour d'Or avec trois captifs, dis-je, cette pensée me venant à l'esprit en même temps que je parlais.

Mazrith fronça les sourcils.

— Tu penses qu'Orm m'a *laissé* t'enlever ? Son apparente soif de vengeance suggère le contraire.

— C'est un bon point.

Dakkar haussa les épaules.

— Quand je vous ai invité à notre fête, mes intentions étaient moins de partager des informations que de former une alliance.

La même intelligence que j'avais vue briller dans les yeux de sa femme dansait dans ceux de Dakkar. Mon instinct me disait de ne pas faire aveuglément confiance à ce faë.

Savait-il qu'à la Cour d'Ombre, l'enjeu était plus important que de gagner un festival ? Il devait le savoir. La discorde entre le Prince et la Reine d'une même famille royale suggérait que rien de bon ne se profilait à l'horizon pour les faës d'ombre.

Mais à part gagner le *Leikmot,* quelle arrière-pensée aurait-il pu avoir ?

— Nous sommes heureux d'être ici, dit Mazrith d'un ton un peu raide.

Je savais qu'il évaluait aussi le seigneur faë.

Dakkar nous fit un sourire agréable. Il écarta les bras et appela un faë.

— Henrik, apporte-leur à boire, veux-tu ?

Il se retourna vers nous.

— Amusez-vous. Parlez à notre peuple. Vous verrez que nous sommes ce que vous espérez que nous soyons.

— Et nous leur prouverons que nous sommes ce que *vous* espérez que *nous* soyons ? dit Mazrith à voix basse.

Le sourire de Dakkar s'élargit.

— Je leur fais confiance.

Traduction : Je ne vous fais pas confiance.

Je me rendis compte que c'était l'occasion d'une évaluation mutuelle. Il s'éloigna à grands pas, retournant au jeu avec sa femme. Ils firent équipe avec deux autres faës, restant dans des camps opposés.

Le faë qu'il avait appelé me tendit une coupe en bois lisse.

— Je vous remercie. Qu'est-ce que c'est ?

— Du vin d'ortie, dit-il en souriant.

Il ne semblait être qu'un adolescent.

— Vous n'avez pas d'esclaves humains pour distribuer les boissons ici ? demanda Frima.

Il secoua la tête.

— Non. Pas depuis la maladie. Mais ça ne me dérange pas. J'aime aider. C'est vrai que vous fabriquez des bâtons pour ces cupides faës d'or ? demanda-t-il en me fixant de ses grands yeux verts.

— La maladie ? répéta Mazrith avant que je ne puisse répondre. Quelle maladie ?

Une femme se précipita, une légère panique dans les yeux alors qu'elle posait fermement la main sur l'épaule du garçon. Il était aussi grand qu'elle, mais elle le tira en arrière, loin de nous.

— Quelques clans humains ont été victimes d'une maladie indésirable récemment, mais ce n'est rien.

Elle jeta une œillade au garçon, qui cligna des yeux vers elle, puis vers moi.

— Vous fabriquez des bâtons pour les faës d'or ? répéta-t-il.

— Plus maintenant, dis-je.

Je me rendis compte, en prononçant ces mots, que c'était la vérité. Retravaillerais-je un jour avec de l'or ? À cette pensée, je ressentis un élan de panique, une sensation de nostalgie, qui se referma sur moi. Je me concentrai sur le garçon.

— Y a-t-il des *tournebois* ici ? J'adorerais discuter avec des runés des faës de terre.

La femme me regarda avec méfiance.

— Non.

— Oh. Et si le bâton de Dakkar était endommagé pendant les jeux ?

La suspicion dans ses yeux s'accentua un instant, puis elle sembla troublée.

— Je veux dire, oui. Bien sûr que oui. Il est donc inutile de vous attaquer au bâton de Dak, dit-elle rapidement.

— Je ne cherchais pas une manière de le contrer, dis-je doucement. Nous sommes ici pour essayer de former une alliance.

— Hm. Eh bien, pourquoi ne pas vous présenter à d'autres personnes ?

Elle semblait ne pas avoir envie d'être la seule à nous parler, et beaucoup d'autres faës jetaient des regards curieux dans notre direction.

—Bien, dit Mazrith.

Elle nous fit faire le tour de tous les braseros, nous présentant à chacun au fur et à mesure. Je savais qu'il n'y avait aucune chance que je me souvienne de tous les noms. Personne n'était narquois ou froid, mais tous montraient une certaine réserve. Tous sauf Henrik, qui se joignait régulièrement à n'importe quel groupe dont nous faisions partie, et qui finissait presque toujours à côté de Frima.

Puis un rugissement s'éleva de l'aire de jeu, suivi d'acclamations. Dakkar s'approcha de nous en secouant la tête.

—J'ai failli l'avoir, dit-il. Je pense que c'est votre tour d'essayer.

— Combien de personnes par équipe ?

— Quatre feront l'affaire. Cour d'Ombre contre Cour de Terre ?

— Est-ce une bonne idée ? demandai-je à voix basse.

Les habitants d'*Yggdrasil* étaient élevés dans la détestation de la défaite. Et quelqu'un allait perdre.

— Je pense que nous pourrons supporter une partie amicale. Après tout, on teste avant tout sa vraie nature aux jeux de bravoure et d'adresse. Et au moins, je serai du côté de ma femme, cette fois-ci, sourit-il.

Mazrith acquiesça.

— Tout à fait. Et peut-être un gage pour le perdant ?

Les sourcils de Dakkar se haussèrent.

— Un membre de votre équipe n'a jamais joué, et j'ai une championne de mon côté. Et pourtant, vous êtes certain de votre victoire ?

— Mon équipe va gagner, déclara Mazrith.

— Quel gage suggérez-vous ?

— L'équipe qui perd saute dans la mer. Toute nue, dit Henrik.

Les faës se mirent à rire, et les regards de Dakkar et de Mazrith se croisèrent.

— Allons-y, dit Dakkar.

Je gémis.

— Je ne survivrai pas à une baignade dans cette eau, marmonnai-je.

— Alors nous avons intérêt à gagner, répond Frima.

— Ahem, toussota une garde de glace.

Nous nous retournâmes tous vers elle, surpris par sa présence.

— Aucun d'entre vous ne survivrait à une baignade dans cette eau. Elle est infestée de créatures qui vous tueraient avant même que vous ne plongiez la tête.

— Oh.

Elle déglutit, baissa les yeux, puis croisa les yeux verts de Dakkar.

— Mais si vous cherchez un bon gage, je peux créer

une congère pour vous. Ce ne sera pas mortel, mais il fera très froid.

Dakkar lui fit un grand sourire.

— Vous voulez jouer avec nous ?

Elle hésita.

— Nous ne sommes que deux. Pas assez pour une équipe.

— L'un d'entre vous peut se joindre à nous, et l'autre à l'équipe des faës de terre, dit Mazrith.

— Je vais jouer avec la Cour d'Ombre, dit-elle immédiatement, avant de se retourner et d'appeler l'autre garde.

Ils parlèrent rapidement, et il sembla intimidé lorsqu'il se joignit à nous. Dakkar lui donna une tape sur l'épaule.

— Comment vous appelez-vous ?

— Je m'appelle Maya, et voici Erik.

— Le gage ne représente pas une grande menace pour vous, dit Dakkar en lorgnant leurs corps presque nus, mais moi, je suis bien sûr de ne pas vouloir fourrer ma queue dans la neige. Gagnons cette partie.

— Qui aurait cru que Svangrior était si bien monté?

— Frima!

Je lui donnai un coup de poing dans le bras, en tâchant de ne pas regarder le guerrier nu qui se jetait dans la congère que Maya venait de créer.

Nous avions perdu la partie de kubb de manière assez retentissante, grâce à la femme de Dakkar qui était aussi bonne qu'il l'avait dit.

Svangrior, quoique pas responsable de notre défaite, avait surpris tout le monde en se portant volontaire pour se soumettre au gage au nom de toute l'équipe.

— Je me sens coupable qu'il le fasse seul, déclara Frima. Il a renversé plus de kubbs que moi.

— N'hésite pas à le rejoindre, marmonnai-je. Moi, je ne le fais pas.

Elle haussa les épaules, puis commença à se déshabiller.

— L'honneur, c'est l'honneur, dit-elle.

Je restai bouche bée et pointai du doigt Svangrior qui s'extirpait de la neige, en frissonnant et en sautillant sous les acclamations et les cris des faës de terre. C'est glacial.

— Je vais trouver un moyen de me réchauffer, dit-elle en se redressant.

Elle me décocha un clin d'œil, poussa un cri de guerre, puis courut vers la congère.

— Vos guerriers sont fous, dis-je en secouant la tête.

— Ils sont féroces et vaillants, répondit Mazrith, avec la fierté dans la voix.

Et une pointe d'amusement, j'en étais sûre.

— J'ai eu une idée.

Henrik retrouva Frima alors qu'elle dégringolait de la neige, pour lui tendre un tas de fourrures. J'aurais pu jurer qu'elle rosit à ce qu'il lui dit.

— Une idée, hein ?

— Oui. Je pense que nous devrions essayer de faire boire du vin à la femme faë de glace.

Je fronçai les sourcils.

— Vous voulez la saouler ?

— Oui. Pour qu'elle ne sache pas que j'entre dans sa tête.

Ma bouche s'ouvrit.

— Non ! Vous ne pouvez pas faire ça. Elle nous fait confiance. Elle a joué dans notre équipe.

Son visage était crispé.

— En temps normal, j'honorerais cette confiance. Mais elle doit savoir quelle sera l'épreuve de demain.

— Non, ce n'est pas bien, sifflai-je en secouant la tête. Et si on vous attrape, vous perdrez la confiance de tout le monde ici.

— Reyna, ta survie est plus importante que tout cela, dit-il en serrant les dents.

Je fronçai les sourcils en signe d'agacement.

— Laissez-moi lui parler. Elle me le dira peut-être de son plein gré.

— Tu vas éveiller les soupçons.

— Non.

Il me jeta un regard et je soupirai.

— Vous avez dit que vous pensiez qu'elle ne désapprouvait pas nos fiançailles ?

Il acquiesça.

— C'est exact. Et le fait qu'elle se soit jointe à nous ce soir le prouve.

— Alors, laissez-moi voir si je peux lancer la conversation. Si cela ne fonctionne pas, on réfléchira à votre idée.

Il me regarda fixement, de l'hésitation dans les yeux. Il finit par dire :

— Très bien.

Avant qu'il ne puisse changer d'avis, je me dirigeai vers Maya.

— Vous avez bien joué, dis-je en souriant quand j'arrivai près d'elle.

Mes yeux tombèrent aussitôt sur son bâton, et elle suivit mon regard.

Elle le leva légèrement vers moi.

— Vous en fabriquez pour les faës d'or ?

J'acquiesçai.

— Les vôtres sont très différents.

— Ce n'est pas surprenant. En tant que faës, nous sommes très différents, dit-elle.

Elle jeta un coup d'œil par-dessus mon épaule – en direction de Mazrith, supposai-je. Je regardai aussi. Il était debout seul, à observer les plus jeunes faës qui jouaient au kubb, tandis que les plus âgés étaient assis sur leurs couvertures, en train de boire et discuter.

— Il semble différent, même comparé à son propre peuple, dit-elle.

— Je pense qu'il l'est.

Elle me scruta attentivement pendant un moment.

— Son peuple vous accepte-t-il ?

— Non, pas vraiment. C'est la Cour d'Ombre qui m'a forcée à participer à ces jeux pour que je fasse mes preuves. Pas Mazrith.

Je ne précisai pas que la Reine cherchait à prouver que Mazrith était incapable de gouverner.

Maya eut l'air un peu déçue.

— Vous ne pouvez pas gagner le *Leikmot*, dit-elle.

Je me hérissai.

— Vous n'en savez rien.

Le regard qu'elle me jeta n'était pas de la pitié, mais plutôt de la résignation.

— Vous êtes humaine.

Peut-être pas. L'idée me traversa l'esprit, et je la chassai.

— J'ai l'impression que vous pensez que les humains et les faës devraient avoir le droit de... passer plus de temps ensemble ?

Elle se redressa, les yeux plissés.

— Bien sûr que non. C'est inapproprié.

Elle mentait. Je haussai les épaules et indiquai son bâton à la place.

— Le travail est incroyable.

Elle quitta son attitude défensive et sourit en regardant son bâton.

— C'est vrai. Les runés sont très talentueux.

Je n'avais jamais entendu personne à la Cour d'Or parler des runés avec respect, et je me sentis plus à l'aise avec elle.

— Combien de gemmes différentes utilisent-ils ?

Elle me regarda avec méfiance.

— Pourquoi me posez-vous autant de questions sur mon bâton ?

— Je suis runée, dis-je en montrant mon poignet. C'est dans mon sang d'être fascinée par les bâtons, je ne peux pas m'en empêcher.

— Hm. Vous me parleriez de vos bâtons d'or ?

— Bien sûr. Que voulez-vous savoir ?

Elle pinça les lèvres.

— Combien de temps vous faut-il pour les faire ?

— Cela dépend, mais en général, entre trois et six semaines.

Elle inclina la tête.

— On fabrique les nôtres en deux fois moins de temps.

— Vraiment ? Vous forgez les gemmes vous-mêmes ? En général, on doit façonner l'or à partir de pépites.

— Ah, c'est sûrement pour cela que c'est plus rapide. Nos pierres précieuses viennent des mines sous leur forme divine.

— Il y a tellement de pierres différentes, dis-je en admirant le pommeau du bâton. Ça, c'est un diamant ?

— Oui. Et il y en a deux autres ici, ainsi qu'un rubis provenant de la mine de *grafa*.

Sa voix était empreinte de fierté.

— Toutes viennent des mines de votre propre Cour ?

— Bien sûr. La mine de diamants est la plus grande, mais on ne peut récupérer les pierres précieuses qu'à des moments précis de la journée, lorsque la lumière frappe les gisements.

— Des humains travaillent dans les mines ?

— Non. On ne peut faire confiance qu'aux faës à l'intérieur du *Jokull*.

— *Jokull* ? Est-ce un endroit sacré ?

Elle regarda par-dessus son épaule et pointa du doigt.

— C'est le glacier où se trouve le palais. Mais, dit-elle en regardant autour d'elle et en baissant la voix, je crois que l'épreuve de demain aura lieu là-bas. Une sorte de course, et vous et Lord Dakkar partirez avec un désavantage à la suite de votre échec dans le premier jeu.

— Vraiment ? Quel genre de course ?

— Je n'en sais pas plus. S'il vous plaît, ne dites à personne que je vous ai dit quoi que ce soit. Mais je voudrais que vous réussissiez dans ces jeux. Ou au moins, que vous surviviez.

— Cela me fait plaisir, dis-je, en le pensant de tout cœur.

— Vous avez tout entendu ? demandai-je à Mazrith lorsque nous fûmes seuls.

— Oui.

— Je vous ai dit que je pouvais obtenir des informations sans éveiller ses soupçons.

Il me jeta un regard qui me disait qu'il n'était pas d'accord.

— Quoi ? Elle ne s'est pas méfiée ! Pas beaucoup.

— Elle ne t'a pas donné beaucoup d'informations.

— Elle m'en a donné beaucoup. Les courses, ça me réussit, dis-je.

— Je ne pense pas que ce sera à cheval. Il s'agira plutôt de traîneaux ou de planches.

— Des planches ?

— On les fixe à ses bottes, et cela permet de ne pas s'enfoncer dans la neige.

Je fronçai les sourcils, n'appréciant pas du tout cette idée.

— Ils font ça, ici ?

Il acquiesça, mais Svangrior se dirigeait vers nous, d'une démarche légèrement chancelante, et nous cessâmes de parler.

— Je crois qu'il est temps que je retrouve mon lit, Maz, dit-il.

Sa voix était un peu pâteuse. Il était resté assis avec trois guerriers de Dakkar, à jouer à une sorte de jeu d'alcool, et il semblait que le vin avait eu raison de lui.

— Moi aussi, je vais rentrer, dis-je.

Plus je dormais avant une épreuve, mieux c'était.

Frima choisit de rester avec les faës de terre, et Maya escorta les autres jusqu'à notre bateau.

— Pourquoi reste-t-elle avec eux? grommela Svangrior alors que nous naviguions sur les vagues tranquilles en direction de notre glacier.

— Je pense que ça a un rapport avec Henrik, dis-je.

Svangrior me jeta un regard vif, malgré ses gestes beaucoup moins vifs.

— Henrik?

— Oui.

Il pouffa, puis baissa son regard noir vers l'eau.

Lorsque nous arrivâmes au navire, Brynja était allée se coucher, mais Tait était encore debout, avec la sphère devant lui sur la table et le visage enfoui dans un livre. Il nous fit un signe de la main lorsque nous montâmes à bord.

— Dors un peu et sois prête à tout, me dit Mazrith quand nous fûmes devant nos cabines. Tu as gagné une course. Tu peux en gagner une autre.

En pensant à la dernière course, quelque chose me vint à l'esprit.

— Maz, dis-je alors qu'il commençait à se retourner.

Il s'arrêta instantanément, les yeux fixés sur les miens.

— Je viens de me rendre compte de quelque chose.

Ma voix était un murmure, mais je savais que seul Tait pouvait nous entendre.

— Je n'ai pas eu de vision depuis que je suis à la Cour de Glace.

— Tu crois que ça veut dire quelque chose? demanda-t-il en fronçant les sourcils.

— Je n'en ai aucune idée. Si j'ai de la magie, elle ne fonctionne que dans la Cour d'Ombre? Ou quelqu'un ou quelque chose dans la Cour d'Ombre me transmet de la magie?

— Ou bien ça ne fonctionne que lorsque ton hibou est avec toi.

Mes sourcils se haussèrent. Je n'avais pas fait le rapprochement.

— Vous pensez que Voror pourrait faire ça? demandai-je en secouant la tête. Si c'est le cas, je ne crois pas qu'il le sache.

— Je sais que tu ne me diras pas d'où il vient, mais il faut une magie puissante pour faire parler les animaux sauvages.

— Je ne sais pas si je le qualifierais de sauvage.

Mazrith me jeta un regard.

— Tu vois ce que je veux dire.

— Je lui demanderai. Quand nous serons de retour à *Yggdrasil*.

— Il se peut que l'épreuve de demain les déclenche, déclara M. Mazrith.

À ma grande surprise, je me surpris à l'espérer. Elles ne m'auraient pas sauvé la vie lors du premier jeu ni ne m'auraient fait gagner le second. Mais pendant les épreuves à la Cour d'Ombre, elles m'avaient énormément aidé, et j'avais besoin de toute l'aide disponible.

CHAPITRE 28

MAZRITH

Pour la deuxième nuit consécutive, le sommeil m'échappait.

Comment pouvais-je trouver le repos alors qu'elle se trouvait dans la cabine à côté de la mienne ?

J'étais déjà allé trop loin et j'en avais payé le prix. Le souvenir des runes d'or s'élevant de ma peau me donnait envie de mettre la petite chambre sens dessus dessous.

Svangrior ronflait à côté de moi, et je me forçai à desserrer les poings.

Une fois les runes épuisées, je ne pourrais plus l'aider. Je ne pouvais pas prendre ce risque. Je ne pouvais pas la laisser seule affronter ce *Leikmot* et ma belle-mère, et terminer notre quête.

Mais je brûlais pour elle, et je savais maintenant avec certitude qu'elle me désirait tout autant.

Mais elle ne ressentait pas la même chose que moi. Comment aurait-elle pu ? J'avais des années d'avance sur elle.

La culpabilité m'envahit. Je l'avais obligée à me confier ses secrets les plus sombres. Pourtant, il y avait encore tant de choses que je lui cachais.

La peur me scellait les lèvres. La peur qu'elle ne me pardonne pas et que nous devions abandonner nos recherches. Il ne fallait pas que cela arrive, tant pour son bien que pour le mien.

J'étais maintenant certain que la quête du bâton de brume était son destin autant que le mien.

Elle n'était pas humaine. Et il y avait quelqu'un qui savait qui elle était. *Ce* qu'elle était. Voulaient-ils profiter d'elle lorsqu'elle aurait trouvé ce que nous cherchions ?

J'avais besoin de ce bâton. J'en avais besoin pour autre chose que vaincre ma belle-mère et assurer la sécurité de ma Cour.

J'en avais besoin pour la protéger.

Je me levai tôt, m'assis à table et contemplai le panorama que j'avais vu Reyna contempler le matin précédent. La solitude ne changea rien à mon désarroi.

Lorsque Reyna sortit de sa cabine quelques heures plus tard, je dus étouffer une colère brûlante à l'idée que c'était Frima qui l'avait aidée à enfiler son armure de plumes, et non moi.

Ses cheveux étaient attachés, mais sa nouvelle tresse se distinguait sur le cuivre chatoyant. Ses doigts étaient munis de ses griffes, et elle les agita devant moi en s'approchant de la table.

— Je ne sais pas si je peux boire du café avec ça.

— On s'en fiche du café. Va pour l'hydromel, dit Frima en faisant exactement ce qu'elle avait dit.

Elle était retournée au bateau peu de temps après mon réveil, mais je m'étais assuré qu'elle ne me voie pas.

Reyna lui jeta un coup d'œil, puis haussa les épaules.

— C'est réparateur, et je risque de mourir dans quelques heures. Pourquoi pas ?

Frima sortit une bouteille d'hydromel d'un des coffres de rangement et leur versa un verre à tous les deux. Les paroles de Reyna me reviennent en tête. *Je risque de mourir dans quelques heures.*

— Maz ? Vous en voulez ?

Comme Reyna, j'acquiesçai.

— Pourquoi pas ?

Nous fîmes tous trois tinter nos verres.

— À la victoire imminente de Reyna, lui dit Frima en souriant.

Reyna lui répondit par un sourire, sans l'assurance de la guerrière faë qui portait le toast.

— Tu as déjà gagné une course, dis-je, la gorge serrée lorsque ses yeux se fixèrent sur les miens.

De la peur, de la détermination, et peut-être de l'espoir, brillaient dans leurs profondeurs vertes.

Ses lèvres se pincèrent.

— Orm voudra prendre sa revanche, cette fois.

— C'est Kaldar qui l'a assommé, pouffa Frima. Laissons ces deux-là discuter.

Elle s'inquiétait toujours à propos de ses visions qui ne venaient plus, réalisai-je en la regardant siroter son hydromel. Elles l'avaient aidée à gagner la dernière course, et jusqu'à présent, ici, elle n'avait reçu aucune aide de ce genre.

Par les Nornes, j'aurais aimé avoir une idée de ce qu'elle était, et de comment l'aider.

Mais tout ce que je savais, c'était qu'elle était spéciale. Qu'elle avait un destin.

Celui d'être mienne.

Cette idée surgit dans mon esprit, et je me levai, me détournant de la table – et d'elle.

Frima jura, sursautant et renversant son verre à mon mouvement. Je m'approchai de la balustrade et je jetai un regard vers l'extérieur.

— Mazrith ?

La voix douce de Reyna prononçant mon nom me fit bander tous les muscles.

— Il est temps de partir, dis-je.

Je contrôlai mes traits et me retournai.

— Si tu ne peux pas gagner, la seconde place te laissera une chance. Il suffit de ne pas mourir.

CHAPITRE 29
REYNA

orsque nous arrivâmes au bout du tunnel, le bateau à la proue en forme de baleine nous attendait avec Maya et Erik. Un silence nerveux s'installa entre les icebergs, et je remarquai que l'itinéraire nous éloignait du côté du glacier qui abritait le palais, voguant vers l'autre flanc de l'édifice colossal. Je pouvais comprendre que la famille royale des faës de glace soit si discrète, après ce qu'avait fait la Reine Andask, mais j'aurais aimé voir le palais.

— On dirait une montagne d'un bleu éclatant, murmurai-je en regardant le glacier. Je me demande si le palais est aussi grand qu'à la Cour d'Or.

— Ma mère a toujours eu envie de voir les palais de chaque cour, dit Mazrith à voix basse.

Je le regardai. De la colère brilla dans ses yeux avant de s'estomper. Il se tourna vers moi.

— Je doute que beaucoup de faës aujourd'hui aient eu cette chance.

— Elle voulait que les faës travaillent ensemble ?

— Oui, pour échanger des connaissances et des biens. Chaque Cour est tellement différente. Elle pensait que les bénéfices seraient énormes si nous pouvions combiner nos matériaux et notre magie.

Je vis Maya se retourner vers nous pendant qu'il parlait.

— Je parie qu'elle et Tait s'entendaient bien.

— Oui.

Nous contournâmes le glacier montagneux et arrivâmes à une zone où la pente était beaucoup plus douce. La mer léchait une rive glacée, avec l'installation désormais familière de bancs de spectateurs et de grands miroirs qui montraient à la foule ce qui se passait hors de sa ligne de mire. Au-delà de la rive, où papotaient de plus en plus de faës, s'étendait une forêt le long du glacier, après quoi la falaise remontait abruptement, les arbres recouverts d'une épaisse couche de neige qui scintillait suffisamment dans la lumière pour me faire plisser les yeux.

— Putain de lumière infernale, grogna Svangrior alors que nous sortions du bateau.

J'avais tendance à être d'accord avec lui.

Kaldar et Orm n'étaient pas encore arrivés, mais Dakkar se tenait près des deux trônes occupés par le Roi et la Reine Verglas.

— Souhaitez-moi bonne chance, marmonnai-je.

— Tu n'en as pas besoin.

La Reine Andask nous dépassa tandis qu'elle se dirigeait vers les sièges où étaient assis les faës d'ombre.

— Ah, Mazrith, mon cher. J'allais te réserver le siège à côté du mien, lui dit-elle avec un large sourire, avant de se tourner vers moi. La dernière épreuve a été serrée, dit-elle, les yeux brillants. Quel beau divertissement, ce *Leikmot*.

—Je n'en doute pas. Lord Orm se sent-il mieux ?

Je guettai une réaction sur son visage et fus récompensée par un infime rictus de son sourire trop doux.

— Comment le saurais-je ?

Avant que quiconque ne puisse répondre, le bateau de Lord Orm s'arrêta le long du rivage, et les gens le pointèrent du doigt en bavardant plus fort. Il descendit facilement, apparemment complètement rétabli, et se dirigea vers les autres champions. Un soupir de déception quitta mes lèvres tandis qu'un grognement s'échappait de celles de Mazrith.

La Reine lui décocha un sourire narquois, puis alla s'asseoir.

— Gagne, Reyna, siffla Mazrith entre ses dents, avant de la suivre.

—Je vais essayer.

Je rejoignis les autres, juste au moment où le Roi Verglas frappait dans ses mains, attirant toute l'attention sur lui.

— Bienvenue à la dernière épreuve de notre Cour, tonna-t-il. Il s'agit d'une course. Des foulards sont attachés à de nombreux arbres de la forêt. Le premier qui ira chercher tous les foulards de sa couleur gagnera. La couleur d'Orm est l'or, celle de Dakkar le vert, Kaldar le bleu et Reyna le noir. Lord Orm et Lady

Kaldar commenceront avec un drapeau chacun, conformément à l'avantage obtenu lors de la dernière épreuve.

La nervosité me tiraillait l'estomac. Il n'y aurait pas besoin de faire de la magie ou de soulever quelque chose de lourd – à moins que les drapeaux ne soient impossibles à atteindre. Je jetai un coup d'œil aux arbres que je pouvais apercevoir à travers le terrain enneigé et accidenté. Aucun ne semblait trop haut.

La Reine Verglas se leva à côté de son mari et frappa dans ses mains. Quatre traîneaux sortirent de la forêt, tirés par trois énormes chiens blancs hirsutes. Les uns après les autres, les chiens arrêtèrent leurs traîneaux devant chacun des champions. Ils étaient tous presque aussi grands que moi, me scrutant de leurs yeux jaunes tandis que j'essayais de montrer une confiance que je ne ressentais pas vraiment.

— Bonjour, chuchotai-je.

Avec hésitation, je grimpai sur le traîneau en bois et pris les rênes.

Un gong retentit, et les trois autres traîneaux s'élancèrent au rugissement de chaque faë.

Mon traîneau ne bougea pas. Je fis claquer les rênes et j'interpellai les chiens sous les rires des spectateurs.

— Allez, s'il vous plaît, demandai-je aux animaux. Il y aura de la nourriture pour vous à la fin.

Je ne savais pas si c'était vrai, mais heureusement, ils commencèrent à tirer mon traîneau vers les arbres.

Les trois autres traîneaux s'étaient précipités dans la forêt, mais je repérai du mouvement dans un bosquet épais juste à la lisière de la forêt, où la neige n'était pas tombée jusqu'aux branches inférieures.

Des drapeaux attachés à une haute branche. Je tirai fort sur les rênes pour arrêter les chiens.

— S'il vous plaît, s'il vous plaît, attendez-moi ici, les suppliai-je en sautant du traîneau.

La chienne de tête me regarda, et je lui fis un large sourire.

— Des steaks. Je m'assurerai qu'on vous trouve des steaks.

Les rires fusèrent à nouveau parmi les spectateurs faës quand j'enroulai les bras et les jambes autour du mince tronc d'arbre et commençai à grimper. Je ne pouvais pas utiliser la magie pour faire descendre le drapeau, alors il fallait que je me débrouille.

La voix de Mazrith grogna dans mon esprit alors que je tirais sur le nœud.

— Tous les *veslingr* qui se moquent de toi connaîtront leurs pires cauchemars quand je les surprendrai seuls.

— Merci, Maz, murmurai-je en arrachant le drapeau noir de la branche et en redescendant de l'arbre.

Sautant sur le traîneau, je tirai sur les rênes, et les chiens s'élancèrent immédiatement. Un de moins, Freya seule savait combien il m'en restait.

La forêt glacée défilait à toute allure tandis que je poussais les chiens, franchissant des ruisseaux gelés et contournant des arbres massifs, certains légers et secoués à la vitesse de mon traîneau, d'autres complètement emprisonnés dans la glace. Orm, Dakkar et Kaldar devaient être devant moi après mon retard au départ, et ils n'avaient pas besoin de s'arrêter pour grimper dans ces maudits arbres afin de récupérer leurs drapeaux. Je serrai les dents, déterminée à les rattraper.

Mes chiens prirent de la vitesse, prenant des rampes glacées et des virages en épingle à travers les arbres, jusqu'à ce que nous sortions de la forêt pour déboucher sur un lac gelé. Je vis des arbres à l'autre bout de l'étendue de glace scintillante, mais on avait érigé des barricades et des obstacles devant, comme un labyrinthe, manifestement pour nous compliquer la tâche. Je pris une grande inspiration et je dis claquer les rênes.

Nous sinuâmes entre les virages serrés, heurtâmes des bosses qui nous firent voler brièvement dans les airs et dévalâmes des pentes glacées qui menacèrent de renverser le traîneau. Mais les chiens étaient bien entraînés, répondant à chacun de mes ordres, et je me doutais qu'ils avaient déjà fait cela auparavant. Et que la promesse du steak fonctionnait. Nous étions à mi-chemin du lac lorsque j'aperçus Orm devant nous, arrêté près d'un groupe de drapeaux au sommet d'un pic de glace.

Il se retourna avec un rictus lorsque je m'approchai, levant son bâton. Un mur de lumière jaillit du pommeau, et je me forçai à fermer les yeux, car je me souvenais des yeux ensanglantés de Kaldar. Je tirai sur les rênes de toutes mes forces, évitant de justesse une collision avec le pic glacé, mais mon traîneau bascula, et je tombai sur la glace. La douleur darda dans ma cheville gauche. Je me relevai, ignorant la souffrance, et m'élançai vers la pointe, m'approchant du drapeau noir.

Orm donna un coup de bâton qui me toucha à l'épaule. Mon armure amortit la douleur, mais la force du coup me fit reculer. Il se mit à rire, arracha son propre drapeau, puis rugit à l'adresse de ses chiens. Ils filèrent tandis que je lançais des insultes dans son dos qui s'éloignait.

Les mains tremblantes, j'eus besoin de plusieurs tentatives pour escalader le pic glissant jusqu'à mon propre drapeau.

Où étaient mes visions par tous les noms d'Odin ? Si j'avais su qu'il était sur le point de m'aveugler, j'aurais pu m'arrêter plus tôt.

Je redressai mon traîneau avec effort pendant que les chiens donnaient des coups de patte sur la glace, puis je remontai sur le traîneau. Peut-être lassés d'attendre, les chiens s'élancèrent. J'attrapai les rênes, luttant pour rester sur le traîneau tout en maintenant notre vitesse, le cœur battant la chamade.

Nous glissâmes sur une série de rampes, volant haut dans les airs avant d'atterrir brutalement sur la glace. Les impacts secouaient ma cheville douloureuse, mais nous ne ralentîmes pas.

Devant moi, la piste s'incurvait entre d'énormes pics de glace, laissant peu d'espace pour manœuvrer. Je pris une grande inspiration et relâchai ma prise sur les rênes pour laisser les chiens faire ce qu'ils faisaient le mieux, mais la glace sous mes patins se mit soudain à trembler et à craquer, me projetant violemment sur le côté. Je tombai une seconde fois sur la surface impitoyable, mon traîneau basculant et dérapant hors de portée.

Sonnée, je me relevai, mais ma jambe refusa de porter mon poids – je m'étais à nouveau blessé la cheville dans la chute brutale. Un craquement sinistre zébra le silence, et le sol trembla sous mes mains et mes genoux. À ma grande horreur, un gouffre s'ouvrait entre les chiens et moi, et s'élargissait rapidement. À travers la masse de rênes emmêlées, je vis les chiens tirer sur leurs harnais, mais ils étaient toujours attachés au lourd traîneau retourné, dont les patins étaient retournés vers le ciel, tandis que des éclats de bois s'enfonçaient dans la glace et l'immobilisaient. Je me traînai vers eux, grimaçant à la douleur. Ils grognaient de panique et claquaient des mâchoires tandis que la glace se fendillait sous leurs pattes et s'inclinait, le traîneau glissant vers l'abîme. Je rampai jusqu'au bord de la fissure et tendis le bras, m'efforçant d'atteindre le harnais de la chienne de tête.

Avec un sifflement de soulagement, je refermai les doigts sur le fermoir et l'ouvris. Alors que le traîneau basculait dans la fissure béante, la grosse chienne s'élança vers l'avant, les autres toujours attachés à lui. Ses griffes acérées adhéraient à la glace, et elle s'éloigna en bondissant. Je laissai échapper un soupir tandis que les autres se précipitaient à sa suite, loin du gouffre.

Le sol se déroba sous moi, et j'eus à nouveau le souffle coupé. J'étais tellement absorbée par le fait de les libérer que je n'avais pas réalisé à quel point la glace était fragile sur moi.

Je me renversai sur le dos, glissant aussi vite que possible. Mais des fissures zébraient la glace depuis le gouffre principal, vives et sinistres.

J'essayai de me relever, mais je trébuchai encore. Lorsque je baissai les mains pour me rattraper, je ne trouvai pas de glace. Il n'y avait que de l'air.

Mon cri se perdit lorsque je basculai dans l'obscurité.

REYNA

Le froid.

C'est la première chose que je sentis lorsque je repris connaissance.

J'étais gelée.

Comment, au nom d'Odin, étais-je encore en vie ?

Je me forçai à ouvrir les yeux.

De la neige. Tout ce que je voyais autour de moi, c'était de la neige. Une panique claustrophobe me saisit aussitôt.

J'étais prise au piège.

J'essayai de bouger, mais tous mes membres me faisaient mal, comme si mon propre poids était trop lourd à porter. La neige au-dessus de moi bougea, mani-festement moins épaisse ou profonde qu'en dessous et autour de moi, et je grattai, essayant de me frayer un chemin avec mes bras endoloris.

Comment avais-je pu survivre ?

Était-ce important, puisque j'étais vraisemblablement au fond d'un gouffre de neige glacée qui me tuerait, de toute façon, en quelques heures ?

Mes gestes fatigués se firent de plus en plus frénétiques, et je dégageai la neige autour de mon visage. L'obscurité s'étendait au-dessus de moi, avec une longue zébrure de lumière brillante tout en haut. Mon cœur, qui s'emballait déjà, rata un battement.

— Reste tranquille. Je viens te chercher.

La voix de Mazrith dans mon esprit arrêta net la vague de panique. Des larmes chaudes me piquèrent les yeux. Jamais je n'avais été aussi soulagée d'entendre la voix de quelqu'un.

— Oh, que Freya soit bénie, merci, marmonnai-je en claquant des dents.

Comment pourrait-il descendre jusqu'à moi ? Je n'aurais pas été surprise si j'avais brisé la moitié de mon putain de squelette, tant mes membres ne réagissaient pas.

Peut-être que ses ombres pourraient me sortir de là ?

Un cri de surprise jaillit de mes lèvres – un bruit brut et rauque – quand la neige céda soudainement sous moi.

Comme dans un tunnel, je volai vers le bas, cessant de hurler seulement lorsque je vis une lueur noire s'agiter près de moi.

— Maz ?!

— Je te tire jusqu'à moi.

Une seconde plus tard, je dégringolai de la neige, trop hébétée et frigorifiée pour percevoir autre chose que les bras puissants qui m'attrapèrent.

Le corps de Mazrith dégageait de la chaleur lorsqu'il

me fit descendre doucement sur ses genoux. D'un geste rapide, il me retira mon manteau mouillé, puis me ramena contre sa poitrine, m'enveloppant de ses propres fourrures.

— Bois.

Une main apparut sous la fourrure, tenant une flasque.

Priant pour que ce soit de l'hydromel, je la saisis entre mes doigts gourds et bus goulûment. Une chaleur bienfaisante m'envahissait le corps.

— Tu as quelque chose de cassé ?

— Je... Je ne sais pas.

Je renversai la tête et le regardai en face. Son expression était dure, mais je vis de l'inquiétude dans ses yeux. Je me forçai à détourner le regard pour observer mes alentours.

— On est dans une grotte ?

— Oui. À l'intérieur du glacier, sous le gouffre.

Je frissonnai, et il me serra plus fort contre lui, refermant presque la cape sur ma tête.

— Tu dois garder la tête au chaud, dit-il plus doucement. Bois tout l'hydromel.

— Oui, dis-je en m'appuyant sur sa poitrine. Qu'est-ce qui s'est passé ?

Je commençais déjà à me réchauffer et je bus une nouvelle gorgée pendant qu'il parlait.

— Je ne sais pas pourquoi la glace s'est fissurée, mais je ne crois pas que ce soit un accident. Lorsque la fissure est apparue et que je t'ai vue tomber, j'ai provoqué une...

distraction parmi les spectateurs et je suis venu te chercher. J'ai aussi cassé les miroirs.

— Donc personne ne peut nous voir maintenant ?

— Non, je ne crois pas.

— Pourquoi avez-vous fait cela ?

Son corps se raidit, et j'aurais aimé voir son visage.

— Si tu n'étais pas morte, la personne qui t'a fait tomber serait peut-être venue terminer le travail en voyant que tu étais encore en vie.

Je fis une pause avant de demander :

— Vous pensiez que j'étais morte ?

— Non. La neige amortit bien les chutes, et ton armure est solide. Mais je savais que le froid te tuerait si je ne te retrouvais pas assez vite.

— Est-ce que les faës de glace me cherchent aussi ?

— Oui, mais ils ne peuvent pas te retrouver grâce à ta bague. Moi, oui.

Le silence s'installa tandis que je continuais de boire de l'hydromel et sentais mes membres s'éveiller. Ils n'étaient pas cassés, réalisai-je en commençant à les bouger timidement. Ils étaient simplement engourdis par le froid.

— Tu veux te mettre debout ?

— Oui. Je me suis blessée à la cheville, donc je ne sais pas si je pourrai marcher.

Il passa ses mains autour de ma taille, m'aidant à me mettre debout. La chaleur de ses paumes se répandit en moi, et je résistai à l'envie de me blottir à nouveau dans sa cape et de me presser contre lui.

Je retrouvai mon équilibre et regardai autour de moi,

dans la grotte. Le tunnel qu'il avait creusé dans la neige pour arriver jusqu'à moi était dans mon dos, et trois autres tunnels partaient d'ici. Les murs et le plafond étaient en glace, qui scintillait dans la pénombre avec suffisamment de lumière pour qu'on y voie clair. Un peu comme à la Cour d'Ombre, en fait.

— Comment va ta cheville ?

Je fis un pas hésitant et trébuchant.

— Rien de cassé. Une entorse, peut-être.

— Tiens.

Je me tournai vers lui, et il me tendit une cape sèche. Je reconnus celle de Frima.

Je la pris avec reconnaissance et l'enroulai autour de mes épaules.

Ses yeux brillants se plantèrent dans les miens, et je ressentis de nouveau l'envie de me blottir contre lui. Pour le remercier d'être venu au moment où j'avais besoin de lui. De m'avoir sauvé la vie. Encore une fois.

— Il faut quitter cet endroit, gronda-t-il.

— Je suis assez forte. Mais il faudra aller lentement.

— Ce n'est pas loin.

Je m'appuyai sur son bras et le suivis en boitant dans le tunnel de gauche, cherchant la bonne démarche pour moins ressentir la douleur. Le tunnel montait abruptement, les murs bleu pâle étincelant de poussière de diamant, et lorsque nous arrivâmes à la grotte suivante, je m'arrêtai, bouche bée.

Des veines de diamant brut scintillaient sur la surface glacée comme des étoiles, formant des nœuds çà et là, où les ciseaux et les pics des mineurs les avaient taillées. D'énormes colonnes de glace sculptées soute-naient un plafond incrusté de stalactites tranchantes comme des poignards.

— Nous sommes dans une mine de diamants, souf-flai-je.

— Oui. C'était le moyen le plus rapide d'aller assez profond pour arriver jusqu'à toi.

Il me jeta un coup d'œil.

— Si les faës de glace nous surprennent ici, quelles que soient nos raisons, je ne vois pas comment cela pourrait se terminer. Si nous étions accusés de vol alors que nous sommes invités à la Cour de Glace...

Je hochai la tête avec compréhension et j'essayai de boiter plus vite à ses côtés.

Nous traversâmes d'autres tunnels et grottes en pente ascendante, jusqu'à ce que j'aperçoive de la lumière devant moi. En dégringolant dans le gouffre, j'avais dû tomber bien en dessous du niveau de la mer, car lorsque nous sortîmes du tunnel, nous nous retrou-vâmes dans une minuscule crique. La figure de proue en forme de baleine flottait là, et une femme de glace regar-dait autour d'elle avec inquiétude.

— Maya !

— Dépêchez-vous, dit-elle avec des gestes vifs. Si je suis prise, je perdrai plus que mon poste de garde.

Mazrith me hissa sur le bateau, et Maya le guida à travers les glaces beaucoup plus rapidement qu'à notre habitude.

— Maya m'a empêché de courir dans la forêt

pendant la confusion, déclara Mazrith. Elle m'a dit qu'elle connaissait un chemin plus rapide.

— Je suis reconnaissante. Je vous remercie.

Elle me jeta un regard noir.

— Freya seule sait pourquoi je me sens obligée de t'aider tout le temps, marmonna-t-elle.

— Je crois savoir pourquoi, dis-je doucement. Vous avez un ami humain, et vous aimeriez qu'il soit plus que ça.

Elle eut l'air renfrogné, mais ne nia pas.

— Lorsque je serai Roi de la Cour d'Ombre et que j'aurai une épouse humaine sur le trône à mes côtés, peut-être que votre famille royale changera d'avis sur ces unions, dit Mazrith d'une voix étonnamment douce.

Mon cœur se serra à ces mots, et je chassai l'image qu'ils firent apparaître dans ma tête. Je n'étais pas Reine, et je n'avais pas le temps de me faire à l'idée que j'en étais une.

Maya le regarda, la bouche pincée, mais avec une lueur d'espoir dans les yeux.

— Si je reconnaissais seulement que je pense à une telle union, cela me coûterait plus que je ne peux donner, dit-elle. Mais... peut-être. Peut-être qu'un jour, les choses seront différentes.

Elle redevint silencieuse tandis que nous avancions, et quelques instants plus tard, le petit bateau arriva à une rive minuscule, la forêt se profilant au-delà.

— Descendez ici et marchez à travers la forêt jusqu'à la rive principale, dit Maya en s'arrêtant.

Nous sortîmes du bateau aussi vite que ma cheville me le permettait.

— Vous serez toujours la bienvenue à ma cour, quand je serai Roi, dit Mazrith.

Maya le salua d'un signe de tête, puis repoussa la rive depuis son bateau, s'éloignant rapidement sur l'eau.

— Je vous avais bien dit de ne pas trahir sa confiance, chuchotai-je alors que nous entrions sous le couvert des arbres.

— Et tu avais raison.

Je haussai un sourcil, mais il ne me regarda pas, se contentant de m'aider à boiter plus vite.

Lorsque nous sortîmes de la forêt quelques douloureuses minutes plus tard, c'était le chaos.

Tous les grands miroirs avaient été brisés, et des éclats de verre jonchaient le rivage. Les faës étaient partout, les yeux écarquillés, leurs bâtons brillant de toutes les couleurs alors qu'ils essayaient de monter à bord des *karves* qui bordaient le rivage.

Des gardes de glace se tenaient devant les bateaux, refusant de laisser partir qui que ce soit.

— Je dois retrouver mes guerriers. S'ils ont été tenus pour responsables de ma distraction, ils risquent d'avoir des ennuis, gronda Mazrith.

— Qu'avez-vous fait ?

Une lueur malicieuse brilla dans ses yeux lorsqu'il me regarda.

—J'ai fait appel à la faune locale.

Je fronçai les sourcils, puis je compris ce qu'il voulait dire.

—Des serpents ?

— Des serpents de mer. Il y a des spécimens incroyables dans ces eaux.

— Prince Mazrith ! s'éleva une voix au dessus du chaos.

Tout le monde se tut un instant et nous regarda.

—Vous avez retrouvé Reyna.

Dakkar se dirigea vers nous à grands pas, puis se tourna vers un garde de glace aux cheveux d'un bleu presque blanc et aux tresses plus nombreuses que je n'aurais pu les compter.

— Elle a été retrouvée, dit-il en me désignant d'un geste. Pouvons-nous partir ?

— Le Roi et la Reine Verglas ont été mis à l'abri. Je dois m'entretenir avec eux, répondit le faë de glace, suffisamment fort pour que tout le monde entende.

Il se détourna, et son bâton brilla.

— Mis à l'abri ? La menace était-elle le gouffre ou vos serpents ?

— Les serpents du Prince, je pense, dit Dakkar en nous rejoignant. Que s'est-il passé ?

Je lui parlai du gouffre qui s'était ouvert sous mes pieds, alors que sa femme, Frima, Svangrior et Henrik se détachaient de la foule près des bateaux.

Frima s'approcha de moi et me tapa sur l'épaule.

— Merci pour la cape, lui dis-je.

— Je t'en prie. Tu sais, quelqu'un essaie vraiment de te tuer.

— Je suis heureux de te dire qu'ils ont échoué jusqu'à présent.

— Ça ne peut pas être cette queue molle de faë d'or.

Svangrior tendit son bras vers Maz. Sous sa chemise déchirée, deux cloques rouge vif apparaissaient sur sa peau.

— La prochaine fois que vous invoquez des serpents, pouvez-vous leur dire que nous ne sommes pas des ennemis, avant de disparaître ?

Une vrille d'ombre jaillit du bâton de Mazrith et s'enroula autour de la blessure de Svangrior. Le guerrier grimaça.

— Le Roi et la Reine Verglas regrettent que la dernière épreuve ait été sabotée, déclara le garde de glace.

Nous nous tournâmes tous vers lui.

— À leur demande, cette épreuve du *Leikmot* prend fin. Que nos visiteurs rentrent chez eux ! Au moment où le jeu a été interrompu, Lady Kaldar avait le plus grand nombre de drapeaux. Elle est donc déclarée gagnante.

Il y eut des applaudissements et des cris de joie de la part des spectateurs faës de glace.

Les gardes devant les bateaux s'écartèrent, et les faës commencèrent à monter dans les petites embarcations, apparemment aussi impatients de s'en aller que le Roi et la Reine de la Cour de Glace l'étaient de les voir partir.

Je frissonnai, encore gelée et endolorie. Je ne regretterais pas de m'en aller.

— Je crois que le prochain tour aura lieu à la Cour de Terre, dit Dakkar à Mazrith.

Puis il me regarda.

— Attendez la missive de nos émissaires. Si tu parviens à rester en vie jusque-là, ajouta-t-il en me décochant un sourire.

Puis il s'éloigna à grands pas avec Khadra, qui lui tenait fermement la main.

— Il trouve ça drôle que quelqu'un essaie de te tuer si effrontément ? grogna Mazrith en le regardant s'éloigner.

— Non. Je pense qu'il est juste souriant.

— Comment s'est déroulée l'épreuve ? nous interpella joyeusement Tait lorsque nous arrivâmes à notre bateau.

— Pas si bien que ça, dis-je.

Puis je couinai lorsque Maz me souleva dans ses bras et sauta sur le pont. Il me déposa à la table.

— De l'hydromel, Brynja, dit-il.

Elle se dépêcha de partir en me jetant un regard inquiet.

— Tait, peux-tu bander la cheville de Reyna ?

— Bien sûr.

Il posa ses livres et sortit de la gaze d'un sac tandis que j'enlevais ma botte en grimaçant. Mazrith se dirigea vers la proue du bateau et brandit son bâton. Les ombres jaillirent, remplissant la voile.

Nous quittâmes la crique rapidement, notre bateau heurtant de la glace de chaque côté, orienté vers un passage derrière un autre vaisseau beaucoup plus grand. Je me rendis compte, en fronçant les sourcils, que ce bateau ressemblait beaucoup au nôtre. C'était celui de la Reine.

Tait enroula un pansement autour de ma cheville, qui me sembla aussitôt aller mieux.

— Qui a gagné l'épreuve? demanda-t-il tout en travaillant.

— Kaldar, soupirai-je. Au moins, ce n'était pas Orm.

Mais cela faisait une victoire de plus pour chacun des autres champions. Je n'avais pas fait grand-chose à la Cour de Glace, à part peut-être de nouveaux amis. Et découvrir que je pourrais tuer Mazrith en couchant avec lui.

Je bus le reste de mon hydromel.

— Si personne n'y voit d'inconvénient, j'ai besoin de mon lit.

Ils me laissèrent dormir jusqu'à ce que nous arrivâmes à l'arbre. L'hydromel avait fait son effet pendant que je dormais, et je me sentais beaucoup mieux, bien que très raide, lorsque je m'habillai rapidement en pantalon et cuirasse.

J'avais hâte de voir Voror. Je ne pensais pas qu'il y avait des menaces dans un endroit aussi beau, mais ce serait quand même rassurant de voir qu'il allait bien. Et je voulais lui demander ce qu'il pensait de l'idée de Mazrith selon laquelle il était à l'origine de mes visions. Je n'en avais pas eu une seule dans la Cour de Glace.

Et je n'avais pas gagné une seule épreuve.

Ma cheville me gênait, mais ne me fit pas mal lorsque je posai le pied sur le pont. Les immenses portes de glace encastrées dans le tronc d'*Yggdrasil* étaient déjà ouvertes devant nous, et je haussai les sourcils.

— La Reine vient de passer, dit Frima qui me tendait une tasse de thé à l'ortie.

— Merci. Je suppose qu'il ne s'est rien passé sur la rivière-racine pendant que je me reposais ?

— Tu veux dire avec la Reine ?

Non, des hordes d'Affamés à ma recherche.

— Ouais.

— Non. C'était calme.

Mazrith se tenait près de la figure de proue en forme de serpent lorsque nous franchîmes les portes et pénétrâmes dans la lumière chaude et accueillante à l'intérieur. Le navire de la Reine était déjà hors de vue. Les ombres de Mazrith murmuraient autour des voiles, et nous ralentîmes jusqu'à presque nous arrêter.

— Voror ? chuchotai-je.

Le hibou descendit en piqué presque immédiatement. Je lui adressai un large sourire lorsqu'il se posa sur le bastingage, me retenant à peine de tendre la main pour le caresser. Il n'y avait aucune chance que ça lui fasse plaisir.

— Comment vas-tu ?

— Bien. Ce sanctuaire me plaît, même s'il n'y a pas grand-chose à manger.

— Pas de rats dans l'arbre sacré, hein ?

Je me rendis compte que tout le monde me regardait, car ils n'entendaient que ma partie de la conversation, mais je les ignorai.

— Aucun. Comment t'es-tu débrouillée dans les jeux ?

Ses yeux immenses balayèrent mes cheveux. À la recherche d'une tresse. Je ressentis une pointe de honte, mais je la ravalai.

— Je n'en ai gagné aucun, et quelqu'un a essayé de me tuer deux fois.

— Ah.

— Ah, en effet. Comment t'es-tu...

Je jetai un œil par-dessus mon épaule vers les regards fixes des autres.

— Je me suis débrouillé, finis-je en répétant sa question.

— Ce bois recèle un certain nombre de secrets. Deux endroits me semblent particulièrement intéressants.

Je jetai un coup d'œil à Mazrith.

— Pouvez-vous amarrer le bateau ?

Son expression se durcit, peut-être sous l'effet de l'espoir.

— Il n'y a pas de rivage ici. Frima, Svangrior, il se peut que nous soyons obligés de nous attarder à l'intérieur de l'arbre.

Les deux faës grognèrent.

— Pourquoi ?

— Nous cherchons quelque chose.

— Maz, on ne peut rien prendre dans l'arbre sacré de la vie, dit Frima avec l'horreur dans la voix.

— Tu sais que je ne ferais pas ça. Peux-tu utiliser tes ombres pour amarrer le navire à la statue de Thor ?

Je regardai autour de moi les parois en écorce d'une hauteur infinie, les cinq portes des Cours qui y étaient encastrées, et l'anneau de statues bordant la chute d'eau au milieu. Dans ma vision, l'escalier se trouvait entre deux portes. Y avait-il un étage caché, plus haut, qui abritait le coffre que j'avais vu ?

— Maz, ce n'est pas convenable de toucher les statues comme ça, dit Frima.

Elle fronçait les sourcils et regardait Thor d'un air gêné.

Je me retournai vers Voror.

— Y a-t-il des rivages ici ? Cachés ? Ou des endroits où nous pourrions amarrer le bateau ?

Le hibou fait claquer son bec.

— Oui, il y a des anneaux dans les murs.

— Vraiment ? Mazrith, Voror dit qu'il y a des anneaux dans les murs.

Nous examinâmes tous l'écorce de la paroi, entre les portes de la Cour de Glace et celles de la Cour de Terre.

Voror déploya ses ailes, soupira dans mon esprit et décolla.

— Les humains ont une mauvaise vue, mais les faës devraient pouvoir les voir, marmonna-t-il.

Lorsqu'il atteignit le mur, il se plaça à quelques pieds au-dessus de l'eau et saisit quelque chose entre ses serres. Depuis là où je me trouvais, cela ressemblait à de l'écorce, et je sursautai lorsqu'un grand anneau en bois se détacha du mur.

— C'était camouflé, marmonna Mazrith.

Il manœuvra rapidement le bateau, et les ombres de Frima jaillirent de son bâton pour s'enrouler autour de l'anneau, qui, une fois plaqué contre le mur, redevint presque invisible.

— Où va-t-on, Voror ?

— Il y a des runes gravées sur l'orteil Thor de la statue d'Odin.

— Que disent-elles ?

Il me regarda en clignant des yeux.

— Mes compétences sont vastes et magnifiques, mais elles ne s'étendent pas à la lecture.

Je lui adressai un sourire d'excuse.

— Maz, il faut aller à la statue d'Odin.

— Svangrior. Le *karve*.

Le guerrier et le Prince se dirigèrent vers la trappe dans la coque du navire et, à eux deux, ils sortirent une petite embarcation, à peine assez grande pour l'imposant Prince. Ce dernier la jeta à l'eau, puis, avant que je puisse dire un mot, me souleva par la taille et me fit passer par-dessus le bastingage. La petite embarcation vacilla lorsque mes pieds touchèrent le fond, et je m'accroupis rapidement pour la stabiliser. Mazrith me rejoignit, et nous nous dirigeâmes vers les statues.

C'était si calme à l'intérieur de l'arbre que je n'osai rien dire à Mazrith que les autres pourraient entendre. Mais il faudrait bien qu'il leur donne une explication à tout cela.

Voror survola la ville et se posa sur le pied gauche de la statue d'Odin. Mazrith guida notre petit bateau jusqu'à lui.

L'inscription était à peine plus grande que mon ongle, mais elle était rédigée dans une langue ancienne. Je ne pouvais rien lire.

— Comment as-tu trouvé cela ? dis-je en regardant l'oiseau. C'est minuscule.

Il ébouriffa ses plumes d'un air suffisant.

— Mes excellents talents d'éclaireur.

— Bien sûr.

— C'est une autre énigme, murmura Mazrith.

J'étouffai un gémissement.

— Est-ce que ça épelle quelque chose ?

— Non, c'est plus simple que les autres. *Je cours éternellement, et pourtant ne bouge pas. Je n'ai ni poumons ni gorge, et pourtant, je rugis.*

— Un animal ?

— Non, ce n'est pas possible. Les animaux bougent et ont des poumons.

— *C'est une chute d'eau.*

Je regardai Voror, puis je répétai à Mazrith ce qu'il avait dit avec beaucoup de suffisance.

Lentement, nous regardâmes tous les deux la cascade magnifique derrière les statues.

Frima n'avait même pas voulu toucher la statue avec ses ombres, et maintenant, nous l'escaladions comme s'il s'agissait d'une sorte de jeu pour enfants. Je n'étais pas aussi méfiante que la plupart des faës, mais cela semblait quand même bizarre.

Le jet d'eau était frais sur mon visage lorsque nous arrivâmes de l'autre côté de la statue – une sorte de marche très étroite qui courait le long de toutes les statues, formant un anneau autour de la cascade.

— Les dieux aimaient bien les anneaux de statues, j'imagine.

La cascade était d'une quiétude magique, mais il

devait y avoir suffisamment de bruit pour que les autres n'entendent pas nos voix

La cascade elle-même était circulaire, comme si elle se déversait d'un tube tout en haut.

— Comment la traverser ? Avec le *karve* ?

Mazrith secoua la tête.

— Non, je pense que ça chavirerait immédiatement.

Il me regarda.

— Il faut nager.

Je le fixai avec inquiétude.

— Je ne pourrai pas toucher le fond ici.

— Je ne te laisserai pas te noyer.

Mazrith ne tarda pas à retirer sa cape de fourrure, qu'il posa sur le rebord, avant de se glisser dans l'eau.

— C'est tiède. Viens.

J'ôtai ma propre cape, puis je me glissai dans l'eau avec moins d'assurance. Je cherchai aussitôt à le rattraper, donnant des coups de jambe dans l'eau pour essayer de me rester redressée.

Il me tendit un bras, flottant facilement, pour supporter mon poids.

— Retiens ton souffle lorsque nous passerons sous la chute.

— D'accord, hoquetai-je, déjà fatiguée.

Il commença à nager, et je m'accrochai en battant des jambes. Alors que nous nous approchions de l'eau bouillonnante, je me rendis compte que sa quiétude était trompeuse. L'eau était puissante, les vagues déferlant contre nous à mesure que nous nous approchions.

— Est-ce que ça va nous faire couler ? sursautai-je.

— Peut-être. Ne me lâche pas, quoi qu'il arrive.

CHAPITRE 32
REYNA

Avant que je ne puisse me dérober ou objecter, il donna un grand coup de jambe et nous fit passer.

Le poids de la chute d'eau était énorme. Je pus prendre une grande inspiration avant d'être projetée vers le bas par la force impossible de l'eau. Je serrai le bras de Mazrith alors que nous dégringolions et tournions sur nous-mêmes, essayant désespérément de le rattraper avec mon autre main. Mes doigts commençaient à se desserrer, quand je sentis une main puissante m'attraper par l'épaule. Soudain, nous échappâmes au courant descendant. Tous mes instincts me poussaient à reprendre mon souffle. Je ne savais pas où étaient le haut et le bas, mais nous bougions rapidement. Mazrith nous poussait vers la surface.

Je battis des jambes avec lui, quoique je ne fasse pas grand-chose de plus, et heureusement, nous émergeâmes de la surface quelques secondes plus tard.

J'avalai de l'air en m'accrochant à Maz, clignant des yeux, priant pour que nous ayons au moins réussi à sortir de l'autre côté de la chute d'eau.

Nous l'avions fait. Un disque se dressait au milieu, à l'intérieur de la cascade, avec un piédestal dessus. Depuis là où nous étions, dans l'eau, je ne pouvais pas voir ce qu'il y avait dessus. Mazrith nagea vers le disque, me déplaça sur le côté, puis me poussa aux fesses pour m'aider à me hisser hors de l'eau.

J'étais trop secouée pour apprécier ce contact comme autre chose qu'un geste qui me sauvait la vie.

— Que Freya en soit remerciée, tu sais bien nager, soufflai-je.

Il n'eut aucun mal à utiliser ses bras puissants pour se hisser et sortir gracieusement, puis il repoussa ses cheveux de son visage en regardant vers le haut et autour de lui.

Je levai aussi les yeux. Le plafond était si haut qu'on ne le voyait pas. Nous devions être au milieu de l'arbre, dans la veine qui traversait le tronc colossal. La douce lumière provenait de l'eau scintillante qui tombait encore en cascade tout autour de nous, mais maintenant, je ne l'entendais plus du tout, pas même le doux ruissellement de tout à l'heure.

Je regardai le piédestal, et ma respiration s'arrêta.

Un arbre doré se dressait là, haut d'un pied, à l'image d'*Yggdrasil*. Un serpent géant s'enroulait autour de son tronc, et au lieu de cinq portes autour de la base, il y en avait huit. Des inscriptions en runes anciennes dessinaient des sortes de racines.

— Qu'est-ce que ça dit ?

— Il y en a une pour chaque Cour, murmura Mazrith en se déplaçant autour du piédestal pour toutes les lire.

— Et les trois autres ?

— Une pour les nains... Une pour les Vanes... et une pour les Fenrir.

— Les Fenrir ? Ce ne sont pas des loups ?

Je me souvenais des histoires effrayantes que se racontaient les enfants du palais sur ces anciennes créatures menées par le redoutable Beowulf.

— Oui. Mais ils ont disparu, tout comme les nains et les Vanes.

— Les trois statues sans visage dans le sanctuaire... pensez-vous que ce sont eux ?

— Oui, probablement.

J'allais demander à Voror quand je réalisai qu'il n'y avait aucune chance qu'il soit passé à travers la cascade. Je ne l'avais pas non plus entendu me parler. En touchant mon bandeau, j'eus le ventre noué. Sa plume n'y était pas. La cascade avait dû la déloger.

— Il y a une autre inscription ici, dit Mazrith en désignant les runes qui couraient le long du serpent, minuscules et minutieusement gravées.

Il les fixa intensément, puis ses yeux se levèrent vers les miens. Ils brûlaient d'intensité.

— C'est ça. La raison pour laquelle il fallait que tu sois une orfèvre, chuchota-t-il.

— Quoi ?

— Il est écrit : « *Renvoie le serpent chez lui* ».

Je clignai des yeux en les regardant tour à tour, lui et l'arbre doré.

— Quoi ?

— Je pense que tu dois le modifier. Pour que le serpent se dirige vers la porte de la Cour d'Ombre.

— Êtes-vous sûr que c'est chez lui ?

Il me jeta un long regard.

— D'accord. Oui. C'est probablement ça.

Je pris une grande inspiration. Je n'étais pas au mieux de ma forme pour travailler l'or, mais je ne pouvais pas nier que cela semblait être ce qu'il fallait faire.

— Je n'ai pas d'outils, dis-je en m'accroupissant pour examiner le reste du piédestal, au cas où il y aurait quelque chose à utiliser.

— De quoi as-tu besoin ?

— Mon kit complet, dans l'idéal, mais au moins quelque chose de tranchant, quelque chose de lisse et quelque chose de lourd.

— As-tu tes griffes ?

Je glissai la main dans la poche de mon pantalon mouillé, et j'en sortis deux.

— Oui, c'est tranchant.

Il porta la main à ses cheveux, puis retira une grosse perle d'une de ses tresses. Elle était en argent et, lorsque je la pris, je sentis que sa surface était parfaitement lisse et ronde.

— Ça va marcher. Maintenant, quelque chose pour frapper l'or, pour le remodeler, murmurai-je.

Cette fois, sa main se porta à son cou. Après avoir parcouru quatre ou cinq lanières de cuir, il en choisit une et la passa par-dessus sa tête. Une lourde amulette, en forme de sablier, sur laquelle étaient gravés des serpents complexes s'enroulant les uns autour des autres.

— Cela suffira ?

Il y avait des angles à chaque coin, et cela pesait un poids suffisant.

— Oui, je pense. Je ne sais pas combien de temps cela va prendre, lui dis-je. Frima et Svangrior pourront-ils rester plus longtemps à l'intérieur de l'arbre ? Et vous ?

Ses yeux s'étrécissent.

— Oui. Nous ne tombons pas malades, ou quoi que ce soit de ce genre. Nous devenons...

Il chercha le mot juste.

— Sauvages.

— Sauvages ?

— Les instincts prennent le dessus. Nous avons plus de mal à nous maîtriser. La magie de cet endroit est enivrante pour les faës.

— Oh. Je vois.

C'était sans doute pour cela que le Roi avait fait venir Tait, pensai-je.

— Je me mets au travail.

Après avoir passé tant de temps sans travailler l'or, je ressentis un profond sentiment de justesse lorsque la vision teintée de jaune tomba devant mes yeux. Des runes voletaient du métal, et je les laissai me guider. Tout d'abord, je détachai soigneusement le serpent, laissant les instructions venir à moi au fur et à mesure que j'en avais besoin. Je l'inclinai à un angle différent, orientant sa tête fragile vers les portes de la Cour d'Ombre. Mes outils de fortune n'étaient pas idéaux, mais mes griffes acérées accéléraient le travail quand j'aurais, en temps normal, utilisé un scalpel.

Je n'aurais su dire combien de temps je travaillai, mais lorsque la vision dorée se dissipa, le serpent s'était reformé et se dirigeait, avec un peu de chance, vers la maison.

La lassitude m'envahit, suivie d'une crainte qui me serra l'estomac. Les visions allaient venir, maintenant. Mais je me sentais prête à les recevoir. Je n'avais aucune envie de revoir l'Ancienne, mais la dernière fois, j'étais sûre qu'elle avait essayé de me parler.

Peut-être aurais-je le courage d'essayer de l'entendre.

Je m'assis sur le disque, les jambes croisées, Mazrith m'observant avec circonspection.

— Que veux-tu que je fasse ?

— Rien. Ce sera rapide.

Il y eut un grincement soudain, suivi d'un sifflement et d'un bruit d'écorce et de brindilles qui se brisaient.

Mazrith leva la tête, alarmé, mais la chute d'eau qui tombait autour de nous n'avait pas changé. Je commençai à parler, mais les ténèbres s'abattirent devant mes yeux.

J'attendis les ombres, l'obscurité, le sentiment que quelque chose n'allait pas. Le parfum des lys me submergea, et une paire d'yeux dorés brilla dans l'obscurité.

J'en eus le souffle coupé lorsque la vision se leva,

mais je gardai les yeux fermés. Je savais déjà que je ne verrais pas d'Affamés.

La deuxième vague arriva, un rugissement de colère emplissant mes oreilles. Seuls Mazrith et sa mère se distinguaient dans l'obscurité, et on goûtait l'odeur métallique du sang dans l'air. La vision se leva, et je serrai mes paumes moites l'une contre l'autre.

Je n'avais pas le droit de voir ça. C'était son passé, pas le mien.

La troisième vague arriva, et je me retrouvai plus près d'eux. Je vis maintenant le poignard dans la poitrine de la femme, plongé dans son cœur.

Les doigts de Mazrith étaient serrés autour, et il mugissait de rage.

Mes mains tremblèrent lorsque la vision se leva.

Pas de quatrième, pas de quatrième, pas de quatrième. J'en avais déjà vu plus que je ne voulais.

Mais l'obscurité descendit à nouveau. Et cette fois, Mazrith me regardait. Que ce soit dans la vision ou dans la réalité, mon cœur s'arrêta de battre.

Ce n'était pas le Mazrith que je connaissais.

Ce n'était même pas le Mazrith balafré que j'avais vu dans la grotte lorsqu'il était blessé.

Le mot « cicatrice » n'aurait pas suffi. Comme auparavant, elles recouvraient chaque centimètre carré de sa peau, mais elles étaient profondes, la chair à vif, les contours noircis. La peau sous les entailles était marbrée et tordue, et des taches d'un noir d'encre se répandaient en tourbillonnant sur une chair si blanche qu'elle aurait pu être de la craie. Son visage était féroce, ses yeux oscillant entre l'or brillant et le noir sans âme des Affamés.

La vision se leva, et je repris mon souffle. Je me levai d'un bond, mon cœur battant trop vite.

Je regardai Mazrith d'un air hébété.

— Vous avez tué votre mère.

Son expression inquiète se durcit comme de la pierre.

— Et... je vous ai vu, marmonnai-je. Le vrai vous.

Toute couleur déserta son visage.

— Vous n'êtes pas un faë d'ombre.

Je le savais aussi sûrement que je savais que j'étais marquée d'une rune.

— Vous êtes un faë d'or.

À SUIVRE DANS COUR DE SERPENTS ET DE SECRETS

MERCI DE VOTRE LECTURE !

Merci beaucoup d'avoir lu *Cour de monstres et de malice*, j'espère que vous avez aimé ! Le suspense est de pire en pire, je sais. Et je suis juste un peu désolée. Cela en vaut la peine, je le jure.

Si vous voulez voir des illustrations exclusives, *torrides et pour adultes*, du rêve de Maz et Reyna, vous pouvez vous inscrire à ma newsletter, ici. À lire à l'abri des yeux indiscrets !